一場不凡的演出

◎席裕珍 著

人，總要有一點癡情和喜愛，
獲得一些超越生活的精神享受，
生活才有趣味和活力。

序　夏日的清風

席裕珍阿姨給我的感覺，一直是宛如夏日的清風。

也許，是因為我們是在夏天時認識的吧。那年，我們有一個讀書會，席阿姨是座上客。與會者都是文友，個個能寫。我們定期聚會，很讀了一些書，而重點在寫。怎麼寫呢？例如：要寫花，還要寫一個人，這個人跟花是有關係的。交作業後，還要經過大家的討論……居然沒有人賴皮不交，也可見素質的整齊了，那真的是一段快樂的時光。

幾乎每次，第一個抵達的是席阿姨，幾乎分秒不差，有一天，我突然想到，她恐怕是早就到了門外等著，天氣熱，我有多麼心疼，「席阿姨，如果您到了，就請先進來坐坐，千萬不要客氣。」

可是，席阿姨還是客氣的，客氣的說話，客氣的善待我們，她，多麼像是夏日裡的一縷清風，帶給我們拂面的清涼。

最近，席阿姨的新書《一場不凡的演出》出版了，她擅長從生活中的微小事物裡寫出細膩的深情。從一瓣荷花的飄落看出生命無常的驚悸，從菊黃蟹肥思念起童年時父親的愛，而楊柳呢？從北京的北海公園、西湖、揚州到台北的大安森林公園，細數各地楊柳的不同，我讀了又讀，卻覺得我讀到的是鄉愁。她談搖籃、年齡、太陽，謙稱不過是隨筆，其間卻蘊含著人生的哲理。……

席阿姨不太講大道理，總是點到為止，這讓她的文章另有一種溫柔敦厚。我特別喜歡她的〈靜下心來，遇見美好〉，寫她在牙醫診所看到的各種文藝佈置，還有她在旅遊中的見聞，而點出了題旨。牙醫診所中，有一件陶藝作品——豆腐，小小的銅牌上寫著這樣的文字：「豆腐心，豆腐情。藝術家把三千年來豆腐的傳承用陶藝呈現出來，清嫩潔白的豆腐，象徵著勤勞刻苦的傳統美德，本院典藏此作，正如抱持世云之豆腐心豆腐情，世傳行醫救世，本持仁心，務實，執著，服務蒼生。」而我們呢？不也應該勤勞刻苦，務實執著，以服務大眾嗎？多麼發人深省啊！

席阿姨靜下心來，遇見了美好，而我何其幸運，在茫茫的人海裡，得以遇見席阿姨，也看到了更多的豐美。

恭喜席阿姨出新書，在溽暑難當時，席阿姨和她的文字，有如清風，帶給了我們無比的清涼和歡喜。

琹　涵　二〇〇八年盛夏

目次

擁抱生活

留住美好

悠悠心思

迎向自然

目次

懷念情愛

擁抱生活

甜味之誘惑

我天生有一口好牙。小時候含糖睡覺是常事，且至今未有一顆假牙。因此，我可以吃甜食，而且也非常愛甜食，巧克力糖、核桃棗泥糖、冰淇淋、甜的糯米糰子、月餅、蛋黃酥等等，百吃不厭，尤其到了午夜，肚子空落落，吃一點甜食，那是多大的享受！

本來，生活中享受一點喜愛的食物，也是一種樂趣，可是過了中年以後，體重漸漸上升，現在已經達到極限，似乎只等你一餐甜食下去，體重就超重了。因此，享受甜食變成是一件痛苦的事情，我常在吃與不吃之間掙扎。

甜味的誘惑，我實在無法阻擋。每當夜深人靜，肚子咕咕叫，我就要和自己辦交涉了；人生嘛，為的是什麼啊，我吃少一點又如何？可是朋友看到我，都說「你圓潤潤的，氣色很好」，我聽了心裡很難過。

拒絕甜味是如此之難，那麼拒絕名和利想當然更難了。

近年來，中獎得獎的騙局害了很多人。

幾年前，我就曾經接到一封雜誌社寄來的信，說我中了一輛汽車。我想，這真是喜從天降，平白有新汽車可以坐了，但我未動聲色，過了幾天，該社又寄來一把汽車鑰匙，要我去領車；不過，規定去領車之前必須先訂一本該社的雜誌。我想，這下好了，天下沒有白吃的午餐，我不必浪費車錢和雜誌錢了。

最近，外子前後接到兩封某大科技公司的信，兩家公司都說他中了二十五萬元港幣的獎金，要他打電話去連絡（現在騙法新了，不是先寄稅金去），外子當然沒去理會這事。

理由很簡單，一個公司有盈餘要作獎金，應該讓自己的員工來得獎，員工得了獎，士氣高昂，對公司的生產和業務都有幫助，怎麼要把獎金送給一個既不認識又不相干的陌生人呢？這是非常可疑之事。

明明是可疑之事，可是有人犯了「貪」，因此很多人中計而損失了錢。據說，行騙者家裡錢多得不得了，小孩子都在拿真鈔票當玩具呢！

有一位先生，第一次被騙了四萬元，居然還不覺悟，第二次又被騙去幾十萬元，這位先生打電話去罵騙子，騙子竟對他說，誰叫你「貪」嘛！

甜味無法拒絕，金錢無法拒絕，那麼名利兼有的做官，當然更無法拒絕嘍。

從前很多皇帝想盡辦法要尋找長生不老藥，希望自己與宇宙同長，天下永遠是他的；現在各階層的政治人士都賢明了，都說絕不霸佔位子，可是到了任期，有哪一位不想連任的？其實連任倒沒什麼不可以，重要的是要把國家治好，讓百姓有安和樂利的日子過，不要自己吃飽裝滿，而讓百姓餓著空著。

看來我也該決心拒絕甜味，免得聽到別人說我氣色好時，心裡頭不舒服。

第二個好伴侶

說起來，我現在的生活方式對兩位大男人有些虧欠。

小時候我討厭父親打牌，結了婚反對丈夫打牌，後來他們都不玩了，我自己卻打起牌來。

很多年前，兒子送來一台電腦，我討厭的逼著他趕快拿回去；隔了幾年，是三年前吧，女兒有台電腦要淘汰，問我要不要，這時候我已知道電腦上有很多遊戲可玩，我欣然接受了女兒的舊電腦。

起先，我只是玩打老鼠、五子棋，又玩小孩子玩的超級瑪莉，看短片動畫，看得我笑呵呵的，樂不可支，熱衷在電腦機前，後來又玩起新舊接龍，那又是一個新的樂趣，雖沒有玩得忘食，確已有點廢寢，玩到午夜身上覺得冷了，還不肯離開，第二天就發燒感冒。

但事情還沒了結。隔不久，又有人傳給我一張麻將光碟片，於是我更沉迷其中，樂此不疲，這也不能怪我，只怪那張光碟片做得太美妙，陪我打牌的三個假人居然手會伸出來擲骰子、丟牌，眼睛會開、會闔、會瞅人，嘴巴會笑、會生氣、會罵人，如果我動作慢一點，還會被他們逼得亂了方寸，又好氣又好笑呢！

我每天在這玩意兒上耗費好幾個鐘頭，好玩透了，這樣的情況持續了兩三個月。

有一天，我終於覺悟了，這樣玩物喪志地玩下去不是個辦法，既然有了電腦，總該學些實用的功能。兒女都說，要我先學會打字，才可打稿及寫電子信。

打字嘛，指法無問題，它和英打是一樣的；至於注音符號，很多年前學過一點點，今天可以派上大用處了，我把注音符號先整體大概認識一下，然後拿出自己的作品，一個字一個字的把注音符號拼出來，打到電腦上，起先認為很難的，想不到打了五千個字以後，已小有成就，普通的字已可隨手而出。

於是我學習在Word上打稿，用Outlook Express學習寫電子信。學會寫電子信後，第一封寄出的是給外孫，我好神氣地說：「哈哈，外婆終於也會依媚兒了吧」。我還和大陸的親戚，美國及加拿大的朋友們通電子信，方便而愉快無比。

我的電子信不光是互通信息，還製作得圖文並茂，生動活潑，有聲有色。因此，我常在網路上搜索底文、小動畫，尋找悅耳的音樂，看到聽到喜歡的通通存檔，以後寫信時就用ACDSee軟體來瀏覽，選用；小動畫也是如此；再附加上背景音樂，我興趣濃得不得了。這樣多功能的電子信，傳統用筆和紙寫的信是無法做到的，我不得不承認，電子信除了快和方便之外，還有其他的魅力。

當我在還沒接觸電腦之前，兒子就替我做了一個網站，現在自己懂了一點電腦，對兒子做的東西居然不滿意起來。我覺得我的網站除了書和畫之外，應該還要加上十六年合唱團的紀錄，以及在一六九九年，康熙皇帝巡幸吾故鄉蘇州洞庭東山時，由我族祖代表迎候的這件盛事。

當我向兒子提出這個要求時，兒子居然表示厭倦了。這時候我真正體會到求人不如求己！

不過，因此我學到了很多電腦上的技術。兒子教我用掃瞄機掃瞄照片，用PhotoShop處理照片及圖片，然後用Dreamweaver編輯網頁，用瀏覽器或ＦＴＰ上傳，大約花了半年時間，我終於完成了；完成的作品要送給打不開網站的親友看，就必須做成光碟片，因此我又學習了燒錄機的使用方法，這時候，我的電腦程度已跨進了一步。

凡事多做就熟練。原來我打字用注音輸入法4.1版，現在嫌它太慢，改用微軟新注音輸入法98a。這種版本很有趣，當前面的字打好，未即時按Enter鍵，再打後面的字時，它會隨它的意思而改變我的字：例如：我打「每粒」，它馬上改成「美麗」。我打「是代（替）」它會改成「世代」。我打「（中）華電」它就改成「花店」。我打「首是」，它就改成「首飾」。它不管你前後的意思，斷章取義的把你中間兩個字拿來改成它的意思，真是很好笑。我忍不住對外子說，電腦很聰明，而且很愛現！

學了電腦以後，每隔一些日子我總會學到一些新東西，去年八月，居住在大陸的兩個姪女，一定要我裝MSN Messenger 6.0版，希望和我一起在電腦上聊天，我說我打字很慢，她們說沒關係她們也很慢，我裝了，也玩過了。這個軟體真的不錯，假如有十個人在十個國家，祇要同時在電腦上，就可以同時一起聊天，我想這種功能，沒有其他工具可以做得到。

十月的時候，有一天黃昏八點，我正開著電腦，忽然電腦右下角出現一小方塊「媽媽，我是寶寶。」的字樣，（那幾天兒子正在加拿大），我知道是兒子在招呼我，馬上打開MSN Messenger的軟體，回應他：「你怎麼不睡。」（加拿大和台灣時差九小時，這時加拿大應該是半夜天還沒亮），「我起來喝水」兒子回答。這種感受，好像我和兒子是共處在一室，實際上兩人相隔十一小時的飛程。有時候早上打開電腦，右下角出現「媽媽，你早。」這是女兒，她經常很早起來用功，她比較忙，無閒聊天，我就回她「早，拜拜」。也有時候出現「姑媽，你好。」這是遠在上海的姪女在向我打招呼。……仔細體味，這才是真正的「天涯若比鄰」，真要謝謝電腦的創始者。

有了電腦真方便。我每天總有一些時候坐在電腦桌前收信、寄信，看新聞，看氣象，看美元歐元的匯率，看股票行情，看當日的新鮮事，看電腦上的熱門話題，寫作時查字，查資料，要出去旅行可在網路上查旅行社，查行程，要購物，也可在網路上先看個大概，要聽音樂，網路上統統有，流行或古典、或爵士，應有盡有，秀才不出門，能知天下事，當然，電腦還有重責大任，那就不是我所能懂的了。

聖誕節前幾個夜晚，打開親友們寄來的電子賀卡，看著那些祝福佳句，美麗或有趣或好玩的畫面，耳邊飄著溫馨悅耳的音樂，剎那間一室悠悠然，人生真是幸福無比。

電腦的功用和趣味是多著呢。

羊年才過，我在猴年之初先買了一台數位相機，這對我又是一種學習，如何拍攝好照片，需要學習，如何把照片輸入電腦製作成在網路上流傳的照相簿，也要學習，我學習的路程還漫長又遙遠。

從前，我認定寫作是我的好伴侶，現在電腦是我更好的伴侶，有用有趣又多采多姿，所以我稱它是我第二個好伴侶。

想不到因打麻將而讓我進入了電腦世界。那真要謝謝那張麻將光碟片。

到現在，我有時候累了又不想睡，還常常坐在電腦桌前打麻將，這是休息，外子從不生我氣，我想在天之父親若是有靈，也不會生我的氣，因為這是沒有輸贏的。

我也擁有過

每個人有很多事情是由不得自己的，例如「姓」，就是不能由自己選擇的。我姓「席」。這個姓我總算很滿意。

姓席的人很少。席氏本姓籍，因先祖「籍環」在項羽軍中任大將軍，項羽字籍，籍環為了避楚王的諱，改姓「籍」為「席」，這是席姓的開始。唐朝後期，有武衛上將軍「席溫」率三子避難於蘇州洞庭東山，這就是蘇州洞庭東山席氏的開山始祖。

洞庭東山是一個風景美麗、物產豐富、濱於蘇州太湖邊的古鎮，居民都樸實斯文，席氏是大族。也許姓席的人口不多，互相都很團結，見了面也親切。

最近有兩位年輕席氏家族，在修洞庭東山席氏的家譜，他倆從我的網站知道我也是洞庭東山席家人，因此曾經和我連絡，當我知道他們其中一個才二十九歲時，我不勝驚嘆，好年輕喔，真可以讓我妒忌呢！

年輕實在是寶貴，當我在三十歲的時候，覺得人生是非常遙遠的，前面還有無盡的路可以走，無盡的歲月可以過，我可以好好的計劃做些事情；見到六十歲的長者在我面前時，我覺得那個年齡對我來說是下世紀的事情。可是曾幾何時，我自己也已超過一甲子，回想起三十歲時的事情，好像只不過是昨天和今天之隔而已，難怪古人說：日月如梭，光陰如箭！

＊＊＊＊

前一陣子因Sars疫情嚴重使大家都不敢出門。近來疫情已降退，也沒有新病患產生，大家心情輕鬆很多，天氣又那麼晴朗，非常想出去走走，呼吸一些新鮮空氣，看看風景散散心。

我連續兩次上陽明山散心，因為腿不好，下了車也沒有走到後山公園，看到半路間有樹蔭草坪的地方就歇下腳來，找個石凳子坐下，做些深呼吸，看看綠樹，中午食用帶去的漢堡和炸雞等食物，及自備的冷開水，是一頓很愜意的午餐。慢慢吃、慢慢看，四周一片綠色，陽光在綠樹外，輕輕的風吹在身上非常涼爽，一點沒有暑熱的感覺，舒暢無比。坐夠了，欣賞夠了，心滿意足了，才慢慢走向車站回家。

是第二次去陽明山的時候吧，回程時因車上已沒有坐位，我從隊伍中退出來，預備坐下一輛車；這時候有一位滿頭白髮，肩上背了一個不小的包裹，健步如飛的老婦人從遠方奔過來上了車。我驚住了，她的年紀不比我小，能跑得這樣快，她的腿多好啊！想想自己，不要說奔，連走還勉強著呢，更不要說背重物了，我不勝羨慕。

記得年輕時，腿還沒有毛病，聽到人家說走不動，我就不能體會這個情況，心想「走路怎會走不動，只要兩隻腳動就好了」，現在想起來，那時候真幼稚！

＊＊＊＊

一個晴朗的好天氣，我和一位文友通電話：早上你去小公園散步了嗎？

沒有，為了 Sars 我已好久沒出去，其實能出去我也走不動，年前年後兩次住院，體力更差了。（她是一位多年的肺氣腫患者，而我也是肺氣腫患者，再加關節老化，舉步比她更難，所以兩人有得聊的。）

不要說你走不動，我也一樣走不動，超過十分鐘就腿痛、氣喘，出去真是辛苦。

她又說：想起多年前，我們還一起去台中亞哥花園玩，氣喘雖然累，但總是撐得過的，現在是沒辦法去了。

唉！從前多好，假如我們現在還有那樣的體力就很快樂了。

噯，不要不快樂，我們也曾經擁有過，這就是幸福，就該滿足。

喔，是要這樣想的！那我也該快樂了；今天真要謝謝你給我這個啟示，讓我的觀念改變，使我有一個快樂的人生。

＊＊＊＊

聽了朋友的話，我不再妒忌別人的年輕，也不再羨慕白髮老人的腿好，因為我也擁有過，該在意的是當前的幸福我要好好的享受，好好的珍惜。

生活著，多好啊！

多年前，我讀到法國女作家喬治桑說的一句話：「生活著，是多麼美，多麼好！」

那時候我還年輕，對這句話沒有體會到什麼，後來事隔多年，也忘了這句話。

幾天前的一個傍晚，我因事去後面社區小公園，進公園後，看到小山坡上有一位極其衰老又憔悴的老太太，她的身形已完全變了樣子。頭髮枯白又稀少，下巴突出，眼睛痲木無神，背往後仰，肚子挺出，身子成一斜梯形，一身的皮膚枯乾粗糙，小腿細瘦得像一支竹竿，旁邊樹下擱著一支枴杖，總之，衰老得好可憐！但是她卻努力地在做運動，辛苦地舉起一隻手，慢慢地抬起一條腿，這種動作對她來說是好大的負荷，好勞累啊，但她掙扎著不停地舉起放下，放下舉起，……

看起來，她是想把衰老的身體，再恢復健壯。

很快地，我腦子裡升起一個想法：她是為「生命」而在努力！

這時候，我記起了喬治桑的那句話，「生活著，是多麼美，多麼好！」從這個老人身上，可以證實這句話了。

我仰起頭來，環顧四周，天邊晚霞絢麗燦爛，小山坡上青草萋萋如茵，頭頂上的黃槐樹婆娑搖曳，好像大自然伸出的一隻手，輕輕地撫慰著人類！多美的世界啊，難怪這位老太太要為「活」而努力了。

移開視線，轉過方向，悠悠的步伐中，想起了世界各地盛行的賽車、飆車，我為那些車手感嘆，他們真是不懂事，在玩著冒生命危險的比賽，這是多傻啊。

想想看，自己經過幾十年的成長，孕育而成的茁壯生命，正如初升的旭日，朝氣勃勃，前程充滿了亮麗的希望啊！

豈可不加珍惜，任意玩忽呢？賽車、飆車手喪命的傳聞連連，如果你一旦失守，也殞滅了自己青春美麗的寶貴生命，那不但是你和你家的不幸，也是國家的不幸，而且將永遠讓你父親長嘆，母親斷腸，愛人傷心，國家惋惜，那是一件無可彌補的損失。

可愛的青年們，不要做危險的活動，好好的生活著，享受美麗有為的生命，享受畫一樣的大自然，享受詩一般的歲月；你是父母的愛子，是社會的青年，更是國家的棟樑；茁壯自己吧，國家民族的繼承正仰賴著你們哩！

一切都可以重來

每天晚飯後，是我的悠閒時刻。

打開電腦，再去泡一杯茶，茶泡好電腦也開好了。於是我打開信箱閱讀來信，知道親友間的信息，有時候也回信，有時候寫些破爛稿子，有時候在網路間悠遊，或是玩電腦遊戲，甚至午夜還在電腦螢幕上和女兒聊天，真是悠哉悠哉非常快樂。

操作電腦原是變得心應手的，按著我的需要移動滑鼠就可達到目的，但最近常常當我正在工作的時候，視窗會出現一個方塊對話，大意是：這個程式的作業無效，即將關閉。……等等。

我只好讓它關閉，關閉後再重新操作，周而復始地這樣的情況，在空隙間偷做一些事情，這樣真是費時礙事，事情又做不好，很累，勉強持續了一段時間之後，信箱裡突然天天進來一大堆識與不識的信件，不認識的信件我會刪掉，熟識親友的信件打開來內容也是怪怪的，原來是傳染病毒的信，真是可惡；我每次開電腦總是忙著先刪信，那些信好像是魔鬼，好像是精靈，開了信箱還未按傳送和接收，它們就一連串地溜進來了，真是不勝其煩，也很可怕。

接著，嚴重的事情發生了，我的電腦打不開了，打開了它也會自動關閉，關閉了它又自動打開，連續不斷地開、關、開、關，最後，我只好強迫關機。

兒子回來聽了情況後說；嚴重中毒，要重裝。

我看兒子把電腦裡已中毒的所有檔案全部清除；於是重新把C槽格式化，重裝Window'98，再安裝三卡的驅動程式，以及Office 2000、防毒軟體、掃瞄器、燒錄機、相機讀卡機等等。

一番整理後，電腦終於可以使用了，而且開機和關機都很順暢又快速，中途也不會突然要關機，心情愉快無比。

我又可以工作啦。哇！不對呀，電腦裡空空如也，一切存檔的文件都消失了，連通訊錄都是空白的，我去跟誰通信呀？

憑記憶和筆記簿上有記錄的檔案，我把這些先輸入電腦，告一段落就和一位朋友通信，告訴她我的電腦已修好，但裡面什麼都沒有了，一切都要重建，連親友的帳號都消失掉，這封信的帳號是憑記憶的，不知你能收到否？

她很快的就回信來了，主旨打著「一切都可以重來」。我看了一驚，一切都可以重來？

是啊，沒錯，電腦不順暢可以淨空了重裝，那麼人呢，如果一旦覺得人生觀念不對勁，做人處事不得當，生活方式不愉快，工作不順利，學業沒進步，健慷情況不好，衣著不順眼，等等。沒關係，都可以拋棄原來的模式，重新佈局，重新運作，一定也得到新的結果。

一位很有知名度的理財專家，他出的一本書上有一段這樣說：當你手上握有的股票長時期沒有獲利，不賺錢，你可以考慮全部拋掉，再重新選擇。

真的，一切都可以重來。

我必須勇敢

去年 Sars 流行期間，有人對我說，Sars不可能完全消滅，將和人類共存，我聽了很害怕，這種要致人於死的流行病，怎能與它共存？

今年我的腿疾第三次發作，病了五個月沒有好，朋友對我說，你要容忍它，愛護它，與它共存。這種新論調我聽了似懂非懂，也不知能否接受。

其實我的腿疾已經持續了十七年。回想起來，第一次發作時祇是走路稍久腿才會痛，坐下來休息就好，晚上嚴重一點，經過醫生檢查，說是髖關節的軟膜磨損，痛到受不了時只好開刀，我當然不願意開刀；吃了些止痛藥，也服用中醫單方，總算慢慢地好了，而且維持了十三年，知情的人都說我好幸運。

預防勝於治療，這是名言，也是實在而重要的事，但是我沒有做到。第二次發病在四年前，是我自己不好，自不量力去油漆門窗，漆到黃昏累了，就一屁股重重地坐下來，跌坐在地板上，隔了兩天腿就痛得不能走，又酸又麻，醫生說是腰椎間的骨刺壓到神經，到了開刀的程度，我不想開刀，試著轉到復健科用物理治療，又是很幸運，兩個月就好了，好似常人。

第三次發病呢，我又是忘了預防勝於治療。年前提了一次重物，腿痛了好幾天才痊癒，我還不警惕，隔不久又去提重物，終於把自己擊倒，這次它不再自己好了，持續的不舒服，勉強度過春節，就去看醫生，照過片子後，醫生說，左腳的膝蓋軟膜磨損；兩腿髖關節的軟膜也是磨損，左邊的且有移位；腰脊椎是滑脫又側彎，再加退化及骨刺，問題多多又嚴重呢！

又是到了開刀的程度，當然，早已到了開刀的程度。不過醫生總算也替我著想，讓我先用復健治療試試，能好就不用開刀，還囑我要認真做復健喔！我抱著還不太差的心情離開醫院。

我很堅強又認真的天天去醫院做復健。開始時有見效，我的痛楚也逐漸減輕，醫生很高興，我抱著滿滿的希望，認為復健到兩個月應有很好的成績了。

想不到，三個月了，一下又四個月了，時間好快，可是我的病情卻停住了，沒有再進步，而且常常還反反覆覆，好的時候雙腿不太痛，拄著手杖能走一點路，如果這時候心情也很好，我就想，祇要病情不再退步，我拄著手杖不是和以前一樣可以和親友出去玩嗎；雙腿不好的時候那真不舒服得難受，行寸步也難了，讓人想大哭一場！

我灰心了，我對復健不再興致勃勃，可是我不做復建又能再做什麼呢？

第五個月的時候，有位資深醫師坦誠地對我說，你的腿痛不可能復健到完全好，你想已經病變的關節怎能恢復原狀呢？所以當你復健到還算舒適的程度，可以停下來暫時休息，自己好好保養。

我明白了，原來我的腿痛是不可能完全痊癒的了，不必再痴心妄想地等著病好，應該自己好好地調理，能走則走，到有一天不能走了，那麼開刀也是必須接受的事實。

雖然事情讓我氣餒，但是沒一刻我內心就吶喊起來：「我必須勇敢。」

我內心在告訴自己，一定要堅定自己的情緒，當腿痛的程度還能走，我必須勇敢地接受，與它共存，過正常而愉快的生活：假使有一天腿不能動彈，要開刀了，我也必須勇敢地接受，期待美好的明天。

人是吃五穀的動物，生病不是奇事，就好像人生，不如意事十常八九，我們也必須勇敢地克服種種不如意，勇敢地重創自己的世界，才能有光明的前途。

勇敢，是做人的功課。

癡情和喜愛

太陽西斜，我急著趕回家去，走進巷子，看見兩大隊伍的女學生，約有五、六十位，是某中學的，壅塞在我家隔鄰樓梯口；我見了很好奇，想想這裏不是學校，不是風景區，這麼多學生來做什麼？

連著，每天早晚都有數十名學生等候在那樓梯口，這事情四周的住家都側目相視，議論紛紛，我遂從鄰居那裏探聽到，原來我家隔壁四樓，住進了一團日本來的樂團，是女學生們所崇拜的，她們不惜耗擲大把時間，不怕夏天烈日酷熱，癡癡的等在梯口，祇盼等到團員們出去或回來，能碰面替她們簽個名或聊幾句，這就心滿意足、心花怒放了。

時間過了半個月，苦等的學生仍陸續不斷，最少的時候也有五、六位，等久了她們乾脆就坐在門口階梯上，我偷笑她們有這麼股傻勁，有這樣毫無意義的癡情，然而就在那一忽兒，我又反變為羡慕她們，羡慕她們年輕得可愛！

回憶自己從前還不是一樣，祇要是桃樂絲黛演的片子就不肯放過；家裏有五星級旅館一樣舒服的臥房不睡，跟著兒女去海邊沙灘上露營，覺得樂趣無窮。人總要有一點癡情和喜愛，獲得一些超越生活的精神享受，生活才有味趣和活力，現在，我還是有我的癡情和喜愛，祇是換了花樣。

美好的冬天

一連幾個寒流剛過去，氣溫回升了才兩天，今天又受大陸冷氣團的影響，氣溫馬上下降至十度左右。

街上的行人都穿著厚重的冬衣，戴上各式各樣的圍巾、手套，在冷風冷雨中行色匆匆地趕路，那些常綠的行道樹，終也不再那麼亮麗，甚至飄下幾許黃葉，在地上飛舞，鳥雀不見，陽光也躲藏在家裡避寒。

酷寒雖然給人帶來了許多不便，但也有如逢故人般的親切和欣喜，有另一種美好的感受。

不是嗎？在大陸家鄉經歷過冬季的人，都會懷念地回憶起：玩雪、賞梅、曬太陽、烤火、龍鍾的衣著、漫長而歡樂的新年，這都是冬天裡多少親切而快樂的事啊，然而，是那麼遙遠了。

現在寒流來的日子，早上，我特別煮些熱騰騰的早點，當我放上餐桌，在特低的氣溫下，看到冒出熱氣的食物，室內似乎溫暖多了，孩子們吃得暖和和的，滋味比平時更好，一早出門上班也不覺得那麼冷了。黃昏，家人下了班都早早回家，我們準備一個火鍋，四周放著蕃茄、豆腐、菠菜、羊肉、雞、魚、……，看起來色香味俱全，大家興致勃勃地圍攏來，寒流早已趕到室外去了。

當行走在寒氣逼人的天色下，看到那艷麗的聖誕紅，也覺得格外溫馨美麗，我想起了陽明山上的梅花，一定抖擻怒放、滿山蘊香了吧。啊！是冬天了，是年景來了，有寒冬才有臘月，才像過年啊！

經過一番徹骨的寒冷，才會有更鮮甜的菜蔬，來年可以有安順的夏季，秋收冬藏也覺得更有價值。我們在寒冬中承受許多磨練，但也有許多美好的收穫。

經過連綿的陰霾、寒冷，才會更期盼太陽，看到陽光才會覺得更可愛、更欣喜。我很怕冷，但寒流來的日子我卻不討厭，在寒風瑟瑟，落葉飄飄的景色下，仰望穹蒼，可以看到大自然的美好，也為宇宙完成四季的運行而安慰。

啊！冬天，美好的冬天。

細沙芋泥心

認識洋芋的時候我已經大了，第一次吃到洋芋是在吃咖哩雞時，咖哩雞這道菜裡幾乎必定有洋芋，這一道菜我還算喜歡，當在外用餐時，咖哩洋芋雞裝在開口的錫壺裡，由穿著畢挺制服的侍者端上來，這時候好像在宮庭裡用餐，那個氣氛使人很舒服，倒是不在乎食物了；其他的洋芋食物我就不頂欣賞。那年去到美國，才發現洋芋是美國人主食的一部份，他們每餐都吃，每餐都吃好多，尤其印象深刻的是那些肥胖的婦女們，她們吃起洋芋來盤子裡的炸薯條堆得如山高，真是不胖也難！

洋芋讓我有好感是在有一年；那時我三十多歲，是個上班族，我請了一個女佣做家事兼管小孩。那個女佣二十歲，什麼都很好，就是兔唇，但她的名字倒是叫阿滿，在佣人人事常常不安定的麻煩下，我想有缺陷的人也許會安穩一點，所以我決定用了她。

那時候住的公寓房子後巷很窄，背對背的人家站在後陽台就可以聊天了。阿滿空閒的時候有兩樣消遣，一是聽收音機，而很多時候是站在後陽台和對面人家的女佣聊天。

有一天，我們闔家坐上餐桌吃晚餐的時候，阿滿端著一鍋湯出來，笑嘻嘻地對我說：「太太，對面阿麗教我學做一個菜，她們家的太太很喜歡吃，今天我也做了，你吃吃看。」

我一看，那鍋湯黃澄澄的，裊裊熱氣裡香味撲鼻而來，我們圍攏來拿湯匙一嚐，喔，口感相當好，細膩滑潤感覺很有滋養，確是一道好菜。

阿滿說，買半個鴨子剁成塊煮湯，把一個洋芋去皮煮熟壓成泥，等鴨子酥了把洋芋泥放下去攪勻，然後放鹽放咖哩粉，起鍋時再放一匙奶油。這一道菜我們全家人都喜愛。

多少年後，我變成一個全職家庭主婦，當我自己主廚時，我把這道菜演變了很多次，先是把鴨子換成雞，後來乾脆用雞腿，而且煮熟了就撈起來等一下可做炸雞；雞湯裡另加上鮮香菇、紅蘿蔔、青豆和一點雞胸肉，起鍋時如沒有奶油就改放一片起士，味道更是清香鮮美。每次做這道菜，外子總會先留起一碗來，第二天早上烤兩片吐司，煎一個蛋，就是一頓很好的早餐了，虧他想得好。

近幾個月，外子牙齒不好，稍稍硬一點的食物他就吃不動，好在他有個心愛的食品——山芋，於是他大吃山芋了，湯山芋、蒸山芋、山芋飯、山芋稀飯，再加炒蕃薯葉子——這也是外子特別喜歡的青菜，避開牙齒不談吧，他可算得是現代第一號追求健康的人士。

他的牙齒不好，我身為「煮婦」的理應煮些他吃得動的食物給他，起先想到的是雞蛋牛奶麥片，吃了幾餐後覺得這也不是個辦法，營養種類太少而且又是甜食，再想想看還有什麼他能吃的食物呢？

喔，有了有了，那個咖哩洋芋湯不是他很喜愛嗎？我就做這個湯，再炒一個跑馬蛋和一碟蕃薯葉子，把飯煮得軟一點，餐後還有外子自己做的甜點——蜜汁山芋，兩菜一湯一甜點，這也算得是一客高級健康餐了呢。

明天會更好

說實在的，在我的身上找不到任何音樂細胞，但是出人意表的，我居然加入了文友合唱團，而且，一唱已經數年了。

文友合唱團原以唱抗戰歌曲為主，有時候也唱些以古詩詞譜成的歌曲。最近一次上課時，老師宣布要教我們唱一首目前最風行的流行歌曲——「明天會更好」。這可高興了，大家興奮非凡，善於唱歌的團員馬上開口唱起來了，而且手舞足蹈的，快樂無比的樣子，我聽著聽著，也愛上了這首歌。

「明天會更好」是一首旋律快速、歌詞很長的歌曲，對我這個拙於唱歌的學生來講，學習起來還必須費一番功夫。但我並不擔憂，想起前些天，兒子買回來一卷「明天會更好」的錄音帶，我回去可以跟錄音帶不斷的學，那還有什麼難呢？凡事只要用心，加上恆心去學習，沒有什麼學不會的。

回到家裡，向兒子借來錄音帶，當我空閒時，做家事時，或者晚上上床前，我都反覆地聽著那首歌曲：「輕輕敲醒沉睡的心靈，慢慢張開你的眼睛，……日出喚醒清晨，大地光彩重生，讓和風拂出的音響，譜成生命的樂章。……讓我們的笑容，充滿著青春的驕傲，讓我們期待明天會更好！」

那幾天，我的情緒很愉快，心情好開朗，口裡哼哼吭吭的，手裡做什麼都覺得很輕鬆，不知道是歌詞的啟發，還是音樂的力量？

有一個晚上，快睡覺了，我又按下錄放音機的鍵，放著這首歌曲，女兒在我房門口走過，她忽然轉過頭來笑著對我說：「媽，天天聽這首歌，心情也愉快起來了，似乎真的明天會更好呢。」

被她一講，我忽然領悟了一件事。

有一次，我去一位朋友家，她比我大六、七歲，她的心理上有些毛病，因此影響了生理，常常鬧病痛，又自怨自艾地不滿現實；作客中，她突然對我說：「妳還年輕，妳趕快要抓住這幾年。」我心裡想：「時間是不會停留的，我能抓住什麼？」

此刻，我懂了；要愉快的生活，要勤奮的工作，那就是抓住了歲月啊！因為快樂，生命才有價值，勤奮，掌握了自己的命運，如能如此，「明天會更好」也是可以期待的。

隨心所欲，不亦樂乎

一、睡個大頭覺

我參加社區的早操活動開始於前年夏天。早操的時間是清晨六點到七點，每天早晨五點多出門。

清晨五點多出門真是另有一番風情；巷子裡空空蕩蕩，清清靜靜，巷頭巷尾可以一眼看盡，巷底的天空還聳立著青山，似乎巷子變短變寬了；便利商店燈光雪亮，豆漿店早已在忙著工作，水果攤和蔬菜攤正在搬運和布置中，走動的是撿破爛的，運送舊報紙的，以及巡邏員等，當互相經過時，他們都會向我說「早啊」，我也趕快招呼他們；奇怪，清晨時候人的心情好像比較熱情，平時不招呼的陌生人這時候都像是熟人，互相的心情也比較開朗，變成一個大家一直企盼的祥和社會。早起真好！

在夏天，早晨五點多天已很亮了，起床不成問題；但在冬天，五點多還在黑夜裡，即使能從床上起來，出門也難，我總等到六點十五分天空有了些曙光才出門，若是氣溫冷到十度，那是連起床也難了；有一天，我實在很睏，連翻個身都懶，當然不想起床，橫下心來決定不去早操了，睡吧，一覺睡到八點，醒來好舒服！

生活不必太硬性，隨興一點也是一種快樂。

二、西北風中吃霜淇淋

離我家兩站路的東邊有個休閒廣場，那就是中心診所旁，頂好超市前面的廣場。那裡人潮如流水，八線大道上車水馬龍，路邊攤和商店櫥窗裡的物品都是最時尚的，麥當勞就在旁邊，中西餐廳有好多家，人行道上有多種不同形狀的翠綠樹木，飄呀飄的很有風情，好一個熱鬧又現代化的廣場，很多人坐在廣場石凳上看人看車看街景，冬天又可曬太陽，還有人手持霜淇淋，真是悠哉悠哉。

台灣各地方的休閒設施都很好，每個社區有小公園，市中心有徒步區，有廣場，讓老百姓有很方便的活動和休閒的地方。

我常去頂好廣場閒遊。有一次是在冬天的季節，溫暖的台灣居然也吹起西北風來，起先我坐在石凳上曬太陽看街景，後來去麥當勞買了個霜淇淋來消閒，吃完，覺得意猶未盡，再吃一個，兩個霜淇淋下肚，應該是夠了，可是內心很想做一些荒唐事，撒野一下也是快樂的呀！今天豁出去了，決定再吃一個吧。其實我並不是肚子餓，也不是覺得這個霜淇淋味道好，而是想要一耍我內隱的童心，吃完，雖有些索索發抖，但因滿足了自己的任性，得意非凡。

三、午夜雀戰

學電腦我從打老鼠開始，等手腕熟練使用滑鼠後，才玩接龍和打麻將。

別人看我好像循規蹈矩很能守本分，其實我對自己很沒有控制能力，喜歡吃的優酪乳一天可以吃一大瓶，冰淇淋一次可以吃一飯碗多，現在電腦上各種接龍遊戲又是我喜歡的，每天晚飯過後，玩到午夜十二點鐘尚且不會打瞌睡；

後來別人又送我打麻將的光碟，興趣更濃了，因為那些假人會說話、會笑、會罵人、會生氣，眼睛會骨溜溜地動，還會斜眼瞄人，手會伸出來擲骰子，丟牌，與真人所差無幾，我又是剛學會打麻將的新手，真是百玩不厭，沉迷其中。

而且我很貪心，每次玩都一定要贏，贏了不算，還要三個假人都輸剩一點點錢才罷休，這樣就沒完沒了了，假人甲沒有輸再打四圈，乙贏了又再打四圈，時鐘已午夜一點，天氣也轉涼了，既不願添衣，又不肯關電腦，第二天感冒了，但是沒關係，我玩得很開心，很稱心啊！

四、新年買新衣

年歲越大，越喜歡穿輕而軟的衣服，尤其是冬天，連羊毛的大衣都嫌重。

我面對著半櫥長長短短的大衣，心裡總盼望還要有一件更輕而軟的。我在心裡構想，最好是絲綢的面子和裡子，裡面鋪以絲棉，長短在大腿的中間，這樣的衣服穿起來才輕便而暖和，可是這是我自己想的，除非去定做，怎可能有現成的可買。

去冬過年前，為購買過年用品常常上街，有一次去忠孝東路四段頭，在麥當勞午餐。餐後出來東逛逛西看看，突然看見隔壁服裝店的櫥窗裡擺飾著一件鋪棉外套，旗袍領中開襟，朱紅底印花的綢面，看起來很鬆軟，跟我的想像有些接近，走進店裡試穿後，更覺滿意，那件衣服是寬寬的直腰式，長度正好到大腿中間，好像是替我量身定做的，我心裡滿意極了，可是一問價錢使我有些捨不得買，下不了手祇好回家了。

但是回了家，心裡仍然沒有放下這件衣服。想想這樣合乎自己心意的衣服不見得到處都有，而且我不買也許很快就被別人買去了，雖說現在經濟不景氣，有錢人還是很多啊；一夜沒有睡安穩，第二天中午就忍著心疼鈔票趕快去到店裡，看到衣服還在心就定下來，不再猶豫快快把衣服買了回來。

買衣服是我的樂趣，也是我的享受，尤其買到喜歡的衣服，遂了心願，高興無比。

* * * *

幼兒時正值戰爭，把我金色的童年變成泡影；上學後，有了課業的負擔，再加看到戰爭的殘酷，家產被毀滅，家人失業又四散分居，使我小小的心靈就懂得要用功讀書，因此我也無心玩耍；就業結婚後，忙著工作和養育孩子……我幾乎沒有享受過悠閒享樂的時光。到如今已是退休的年歲，孩子也成家了，我總該有一些小小的享受，一些小小的任性，也算是我過去努力付出的回報吧。

我將隨心所欲地過生活，但我不會踰矩，不會影響別人，對自己沒有太大害處，人生能如此，我已滿足，夫復何求。

廚房驚魂記

看了教製紅燒鰻魚的電視烹飪節目，我立刻去菜場買鰻魚，預備燒給丈夫兒女吃。

魚販把一條大鰻魚的頭砍掉一半，剖腹去腸，裝在塑膠袋裏，用繩子在袋子半中腰紮緊。我提著回家，一路上鰻魚扭動不已，後來就不動了。到了家，我把袋子擱在一旁，先燒水，鰻魚並沒有動，好像已經死掉。

鍋裏的水燒響了，我解開袋上紮的繩。一面解，鰻魚也一面伸展開來，我想鰻魚那麼長，袋子一鬆，牠當然會伸展，所以不疑有他。

誰知道，繩完全解開後，鰻魚竟像蛇一樣扭動起來，牠還沒死呢！

我嚇得手都軟了，連忙抓著袋子，把鰻魚朝鍋裏一倒。不料鰻魚只有一半在鍋裏，另一半扭了幾扭就騰上半空。我驚恐萬分，連連倒退，扯開嗓門狂喊。只見鰻魚從半空中跌到地上，又跳又扭，弄得滿地是血。我嚇得像個木頭人，站在那裏半天都沒敢動。後來還是鄰居幫我收了場。

紅燒鰻魚我還是燒出來了，晚飯時端上餐桌，自己卻沒敢下箸。

女人和動物

女人和動物，總似乎有一段緣似的。追溯到上帝造人的時候，就對人說：「要管理海裡的魚，空中的鳥，和地上各樣行動的活物。」細細看來，每個女人一生中總會或多或少的養過動物，產生值得懷念、留戀、難分難捨的感情。

有些女士是生來喜歡動物，見了動物好像自己的孩子一樣高興，有些甚至喜愛得超過孩子；有些女士比較不喜歡動物，但因孩子們的喜愛，協助著飼養，到後來也產生濃厚的感情；很少女士一生中沒有接觸過動物。

女人喜愛動物，給我印象最深的是我姑媽。

記得有一次姑媽生病，我常常去探望她，每次都是聊聊病況，話話家常，平淡的就告辭了。有一次我想起她喜歡動物，就把我家孩子養的小狗牽了去，姑媽見了，居然立即精神百倍，坐起身來，拿出餅乾和牛奶糖來招待小狗，不住的用口哨呼喚牠靠近床邊來，我頓有「我不如狗」的感覺。

姑媽喜歡狗，也喜歡貓，也喜歡鳥，甚至動物園中任何一樣動物，她喜愛得好像能了解牠們的心意，能逗得牠們高興而與之同樂。記得我幼年時，姑媽養過一隻貓，喜歡得常常捧在手裡，夜裡也一起睡覺，那隻貓如果惹別人討厭，別人看著主人面也不得奈何牠。後來不知怎麼地，那隻貓突然死了，姑媽傷心得哭了三天三夜，好幾餐都未進飲食。這種舉動，在我這個不能深切體會動物的可愛的人來看，是不可理解的。

姑媽還養過一隻狗，那是不多幾年前的事情。那隻狗是我家的一隻母狗生的，去姑媽家後，姑媽天天早晨餵牠麵包，中午、晚上非牛肺拌飯不可，否則就不吃。我常常笑姑媽寵得牠如此，牠在我家還不是什麼都吃；姑媽說看牠不吃可憐，就不忍不買了。後來姑丈患氣喘病，家裡不能養狗，姑媽祇覺得難分難捨的不知如何是好，還是我替姑媽挑了一家很愛動物的人家，把狗送了。後來每過新年，姑媽都要寄賀年片給那隻狗；有時候還向他們要那狗的相片；有時候用給狗的稱呼寫信問候近況，那家人也用狗的具名回信；這些事，常常使我們聽得捧腹大笑，但也可見姑媽愛狗之深。

想起從前有一位鄰居太太，沒有子女，她就領養了一個女孩，又養了一隻小白兔。小白兔不養在籠子裡，就好像狗貓一樣的讓牠滿屋子跑。白天，丈夫和女兒不在家，女主人就和小白兔做伴，漸漸地，非但女主人對牠產生情愫，小白兔對女主人也懂得了心意。女主人高興的時候，牠伴在女主人身邊；女主人發脾氣的時候，牠就一溜煙的走開了；女主人對牠說話，牠能豎起耳朵乖乖的傾聽；夏夜，大家在屋外乘涼，小白兔高興得屋內屋外奔跑，或是揮動著耳朵蹲在女主人腳邊，有趣透了。牠從不走失，知道這個是牠的家。女主人常常撫著牠的背，對我們說：「這好像是我的兒子。」

有一位朋友太太，原來不喜歡狗，有一次，朋友買了一隻小狼狗回家，朋友太太只能無奈地養著。後來相處久了，狗也漸漸地長大了，朋友太太發現狼狗聰明得不得了，牠能聽懂人的話語。有一次，吃過晚飯，朋友拍拍肚子對太太說；今天晚上的菜好像不對勁，吃下去後肚子有些不舒服；那隻狗聽了，也就連忙走到陽台上，硬要想嘔吐出來的樣子。大家看了都驚奇透了。又有一次，大家在說：電視機對人體有害。話剛說完，那隻狗就從電視機下面鑽出來（牠原來是習慣躺在電視機下面），臥到茶几底下去了。那狼狗非但聰明，而且乖巧，處處討人喜愛。朋友太太越來越變成愛狗的女人了，再也捨不得把狼狗送走。

常常女士們原來不喜歡動物，因為孩子或丈夫的喜愛，也會養些狗、貓、金魚、小鳥之類的，而伺候這些動物的大多數是女士們，儘管女士們嫌牠們要吃要拉好麻煩，但實際上日長時久，漸漸生情，尤其是白天，是主婦們的好伴侶，久而久之，反變成主婦們不可分捨的愛物。

女人養動物，有時候也成為自己的裝飾品。譬如少婦們上街，牽一隻名貴的狗，讓人意識到她的高貴、富有，又可成為她的飾物，也可以做為她的伴侶；猶似提一隻美麗的皮包，或帶著一個孩子，類似的意味。

年老的婦女養動物，可以做為精神上的慰藉。兒女長大後，四處分散，老夫婦閒來無事，養隻狗、貓，湊湊熱鬧、說說話、解解悶。我們不是常看到太陽底下老太太操著針線，腳旁臥著一隻貓咪，那是多安祥的一幅景象！

雷雨驚魂

美國的打雷是恐怖的，我在美國兩個月，曾經有過兩次打雷。我經歷過的一次比較小，但已嚇得魂不附體了！

是一個星期日，午飯後，女兒去學生中心練琴，我和她一起去。練好琴要回家，剛走出學生中心，亮麗的天空突然變色，黑暗起來。看樣子大雨在即。

從學生中心回家，距離不過四、五條街，那時已走了兩條街，我們想趕快奔回家，不料說時遲，那時快，沒走幾步，就落下豆大的雨點，而且氣勢兇猛，我們站在校區邊緣，樹木草坪之間，進退兩難，正在猶豫，空間罩下一重濃濃的黑色，烏雲從四面攏來，看情況不妙．我們趕快往學校最近的建築物方向走，連奔帶跑，耳際已傳來「隆、隆、隆」的雷聲，跑至最近一個系館建築物的走廊下，大雨早已傾盆而至，雷電好像打落的炸彈，好像懾人的魔光，躲在走廊下也不見得安全，想進走廊裡的教室吧，每一扇門都關得緊緊的，我和女兒倆東奔西竄，卻是求入無門。

這時候。天地已烏黑成一片，雨霧瀰漫，混沌不開，而炸彈般的雷聲就在腳邊不停地打，勾人心魂的電光接二連三從眼前削過，接著警報聲「嗚——嗚——」地長嗚起來，景況之恐怖，猶似世界末日來臨，生命難保了啊！

我和女兒倆急得嚇得不知如何是好。女兒想起圖書館的後門似乎距離較近，走到走廊的盡頭，四周望去，也見不到目標。不敢離開走廊在露天亂找，最後決定仍回學生中心。等雷與雷之間短短的空隙，奔一程，躲一程，又奔一程，逃進學生中心，已變成兩個大落湯雞，但究竟安全多了。

學生中心大廈有一條街那麼長，但是雷光仍可把屋內照得整個通亮，我們先站在屋子的中心點，心理上感到距離天空遠些，安全些，可是雨、雷、光，久久不停，後來乾脆進餐廳坐下看書了。

那一陣雷雨足足連續了一個多鐘頭，是我有生以來第一次見到那麼兇猛、害怕又長久的雷雨，嚇得我久久不能忘掉。

雷雨過後，天地又恢復晴朗，萬物清麗如洗；藍天、陽光、綠草，比雨前更加挺秀、青翠而亮麗，我和女兒蹣跚地走回去，一路上還照了好幾張相。

回到寓所，聽同學們說，這次雷雨還不算厲害，在我剛到美國不久，有一個半夜裡也打過一次雷，那才厲害呢！好像房子都要塌了。但是好奇怪，那一夜，我和女兒居然沉睡得一點都沒聽見，幸虧沒聽見，也少受一次驚嚇。

美國卡城住家的房子都是平房，但都築有地下室，當初我不瞭解，平房為什麼要築地下室？後來他們告訴我，就是為了避雷用的。

這種像炸彈、像洪水暴風、烏雲罩頂像世界末日來臨一樣的雷雨，在台灣還沒有見過，這，讓我見識了大自然可怕的一面。

留住美好

什麼是美

我很在乎自己的容貌。

小時候住在外婆家，小阿姨是個美人，因此，我常常拿了鏡子照著自己的臉，左看右看仔細的看，和小阿姨一比，相形見絀，我抱怨自己長得不夠漂亮，每次遇到公眾場合，都躲在人後。

後來經過的歷練多了，看人也多了，發現自己縱使比上不足，比下還是有餘，畢竟普天下人的長相，就像智慧的天才和白癡是少數，大部份的人都是大同小異的資質和姿容，於是我不再氣餒了。

其實，看一個人的美或醜，不盡著眼在容貌。

曾經見過一位女子，容貌真是長得有幾分醜，但她有學識，常識豐富，身體健康，衣著入時，待人接物有風度，處理任何事情自信滿滿，能力很強，到頭來大家沒見到她的醜，反稱讚她好能幹。

再說，像現在有些演藝人員，長得並不出色，但因為有點才華，再加努力學習，不斷求進，不落時代，終至演技出色，盛名不衰。

以我的觀點看，決定一個人的美或醜，除了容貌之外，尚有很多其它條件，例如氣質，就是很重要的一項，若是有美好的容貌，而氣質很差，那連帶美貌也遜色了。

容貌是天生的，美和醜都無法強求；氣質是由天生及後天兩者形成，後天的教育、環境、朋友、自己的志向、心胸和品行等，都是造成氣質好或壞的因素。所以，我覺得要養好氣質，說難嗎，它總還有跡可循；說容易嗎，不一定能學得很好。

此外，愛心、端莊，不出惡言等，也是美的條件。

我們都可以看到現在社會有幾位非常有愛心的善心人士，他們全心全意關懷社會，愛惜同胞，把自己整個人都奉獻出來，這種情況之下，誰還會議論他們的容貌，大家愛戴他們，敬重他們還來不及，所以心田美又勝過容貌。

最後，要提到彰顯一個人的「美」頂重要的一項——品德。

一個人有了才貌，有了聰明智慧，還必須要有優美的品行，才有價值；如果處事為人，總以一己之利著想，事事處處以惡劣品德對待，那麼，縱使有宋玉或西施之貌，也都隨之變成其醜無比，不值一顧了。

荷戀

一陣荷香拂面而過。舉目遙望，薰風自對岸吹來，朵朵粉荷向著我彎腰點頭，墨綠挺立的蓮蓬也在搖呀搖的，淺綠的荷葉半邊翻飛起來，好像一只只吹翻的大草帽；一片荷浪滾滾，一波一波地翻奔過來，似乎要吞沒我似的，然而，我的思維確是淹沒在荷海裡了。

我坐在荷池邊的石板上，這裡的天空青藍如洗，白雲濃濃的，大朵大朵的，好像要和荷花比美；陽光似透明的金紙，蒙在荷池上；池邊的兩棵老柳樹，伸著長長的枝條吻著花面盪來盪去，好像老祖母的一雙手撫摸著愛孫，多少的關愛，盡在那搖拂中了；蟬兒也許是怕吵了我們，嘶聲不太大，不太密，三三兩兩的來自某個角落；抬起頭來看看，頭頂上一大片樹葉，我叫不出這是什麼樹，雞心形的葉子，碧綠的顏色，健壯彎曲的樹幹，茂密的樹葉就低低地佈開著，好像一把巨大的綠傘，替我們遮去了炙熱的夏日，讓我們享受一片蔭涼，沐浴在荷香裡。

荷池周圍不斷有遊人徘徊。爸爸媽媽牽著寶寶，相愛的情人攜著手，白髮老伴關愛地相扶相倚，愛荷的攝影朋友舉著相機，……我靜靜地坐著，坐著，不想走，不想走了，我愛香遠溢清的荷花，更欣賞那些相親相愛的遊人。

靜下心來，遇見美好

每次去牙醫師那裡看牙，是我最害怕的事情，因為受不了磨牙的痛苦，所以在候診的時候，總是緊張得什麼心情也沒有。

這一次是陪外子去醫牙，心情就大不同了。

外子進診室後，我坐在候診室裡悠悠閒閒地看報，也聽到了輕輕悅耳的音樂，是很美好的古典音樂呢，那麼小聲，隔壁人家播放的嗎？不是，我聽清楚了，是牙醫診所播放出來的，我心裡對這家診所已起了好的評價。

我繼續看我的報，一會兒後，當我翻轉報頁的時候，眼際瞄見了一塊白白的東西，我放下報紙仔細一看，喔，那是一件陶藝作品，卻是很少見的豆腐呢！

一個玻璃框裡端正地放著一板豆腐，板子已很陳舊，豆腐也被切開四分之一板，有出售過的樣子，就像豆腐店裡擺著的的豆腐一樣。它已吸引著我丟下報紙，站起來要看看框內一塊小小的銅質牌子上刻著些什麼字。

「豆腐心，豆腐情。藝術家把三千年來豆腐的傳承用陶藝呈現出來，清嫩潔白的豆腐，象徵著勤勞刻苦的傳統美德，本院典藏此作，正如抱持世云之豆腐心豆腐情，世傳行醫救世，本持仁心，務實，執著，服務蒼生。」小小的銅牌上還刻著此作品的作者，及收藏此作品的幾個國家的博物館。

白嫩柔軟的豆腐，使人聯想到清純和慈愛，而製作豆腐者又是懷著怎樣的勤勞刻苦的人生態度？那麼這家診所的醫德應是可想而知了。

我對這家診所的主人昇起了敬仰。看報的心情已被打消，我沒有坐下來，倒想瀏覽一下四周。

就在豆腐陶藝品旁邊還擺著一個石雕，母猴懷中摟著小猴，一副慈母之心，讓人感動。轉過身抬起頭來，牆上掛著一幅「拾穗」的油畫，那是偉大的田園畫家「米勒」的作品，畫作表達著農婦的辛勤和儉樸，宣揚傳統婦女的美德。

靠裡面茶几上放著一只油亮的黑色瓷罐，胖胖的罐肚子上有一個「福」字，罐口用紅紙封著，表示「福氣」和「財富」都有，這是中國人傳統生活中最重要的期待。靠掛號台旁邊有一個銅雕，雕的是一對年輕男女攜手共舞，這是活潑輕鬆和現代感的一件作品，另外牆上還有幾幅小小的版畫。我好像逛了一次美術館，看了那麼多的藝術品，原來這家診所的布置是這麼的高雅，和富有藝術氣息，以前我怎麼沒有看見呢？

有一次我去日本旅行，一路上團員都在鬧著：過河時住的船艙不夠好，該去的風景點不能遺漏，沒去的要補去，否則，小費就要不給等等，弄得一團烏煙瘴氣，大家情緒壞透，遊覽的心情已蕩然無存；這時候團員中有一位男士，他總是跟在團員旁邊不發一語，悠閒自然地拿著照相機東照西照，後來他輕輕地對兩三個團員說，我們出來是來玩的，不要破壞自己的心情，心平氣和才能看到好風景。

我想，道理就在這裡了。

一場不凡的演出

每次和文友們出去遊覽，晚上總會聚在一起閒聊、戲鬧到午夜才散。

這次，我們應台糖公司邀請。來到中南部參觀遊覽。今夜，就住宿在台灣糖業研究所的招待所。

晚飯後，大家都聚集在一位文友的房間裡，預備聊天等玩樂，突然，其中一位文友說：「今天，我們每人來扮演一個角色，就從席裕珍開始。」

我一時傻了眼，不懂這是什麼玩樂。我緊張地問：「表演什麼？」

「隨便什麼，甚至走幾步，擺幾個姿勢都可以。」

「那你有沒有新衣服借我？」我想起電視上常看到的時裝表演，倒可以學一學。

剛說完，有人丟了一塊披肩給我。那間房剛好是個套房，臥室另在裏面，我拿了披肩走進臥室，把披肩往身上一披，一本正經從房門口出場，學著模特兒誇張的走姿，走了幾步，停下來擺一個左姿，再走幾步，又擺一個右姿，隨後，身子一個旋轉，把當新衣服的披肩往肩下一褪，這時，傳來哄堂的笑聲。

第二位文友扮演一個風燭殘年的老婦人，包著頭，拄著楞杖，一拐一拐的上街來，走沒多遠忽然倒地了，眼睛一翻一翻地起不來……

那位文友真是扮得維妙維肖，好像一個老演員似的。

有一位文友扮演一個跛腳者。一跛一跛走出來，撞著一塊石頭，把腳撞痛了，坐下來皺眉噘嘴地在揉搓，也煞有其事。

另一位文友扮一位大指揮家，一臉嚴肅，挺胸抬頭地走到人前，正中一站，隨著舉起指揮棒，那股氣勢使大家糊塗得以為是真的，都跟著站了起來。

又有一位文友表演了一曲歌舞，連唱帶舞，洋溢著青春和活潑，使人感到輕鬆快樂。這位文友平時很樸實，想不到她的歌舞如此出神入化。

每一位文友都表演過了。大家在「哈欠」聲中回房。

熄了燈，蓋上被子，思緒卻仍在活動，想起剛才表演得出色的幾位文友，使我很感興趣。我想，雖然大家都從事握筆的工作，但說不定其中有人另有更好的天賦，而未被發現。就好像有一位歌星，唱了幾十年的歌，後來竟然在演電視劇時得了獎。

綠寶石

有一種植物叫「綠寶石」，好美麗耀眼的名字，相信每一個人都會喜歡。

我的朋友真善體人意，她送我一粒綠寶石的種子。它的形狀和顏色好像一顆帶殼的栗子，但個子大得多，頭尾不太明顯。朋友說：「祇要放在土裡，見水就長。」

拿回家後，找出一只上了釉的青瓷小花盆，裝了泥土，就把綠寶石種子放下去。我很用心地天天澆水，三天、一周、半個月，土面上始終不見一點青色：我納悶，怎麼還不發芽呢？看看我的陽台，陽光和雨露都不缺，其他的盆栽真是長得綠葉成蔭，花兒奼紫嫣紅，都很好啊，不應該是外在條件不良吧。

繼續等啊等，一個月了，一個半月了，仍不見動靜，耐著的性子終於忍不住氣，去問我的朋友。

她說：「你種顛倒了。」

打開土一看，天啊，真是虧待了它，那顆種子在上面長出了白白的鬚根，繞過它自己的軀殼伸向下面土裡去，它真聰明，也真盡責。我很捨不得它，因為我種顛倒了，讓它的生長過程如此辛苦，而它竟不放棄生命，努力掙扎，我內心深深地佩服，也深深地抱歉：趕緊小心地把它翻過來，小心地把長長的鬚根盤植在下面土裡，蓋好土，再澆上水。

心想這回發芽一定快了，因為根已長得這麼長。

我又繼續用心澆水，一周、半個月、一個月，又這麼多天過去了，還是不見發芽，殷切期盼的一顆熱心也冷了下來。大概是經過翻種。它受了挫折，也受了傷，已壞掉了吧，我不必努力，不用澆水了。

看著盆面的泥土漸漸乾燥、乾涸，從深咖啡色變成淺灰。我已對它不存希望。

有一個早晨我巡視盆栽：發現那個乾涸的小花盆裡冒出了幼小的一束綠色，下面是直直的一根，頂端散開著一蓬青絲，就像幼童頭頂上的小辮子。

我禁不住呼喚家人出來看，大家都對它嘖嘖稱奇，那麼久才長出來，它真是好執著，好堅強！

常常有人說，生命很脆弱，其實，生命並不脆弱，只看自己有沒有堅強的意志。

她，驚醒了我

這多少年來，我生活得真是自由而愉快，非但一個人可以在國內到東到西去玩樂，有時候有了伴還到國外去玩，這對一般人來說是沒什麼稀罕，但與三十年前躺在床上的我相比，現在是神仙生活了。

三十年前，那時有兩個乖巧的孩子，外子事業順利，自己有一份輕鬆而待遇不薄的工作，家裡有傭人，應該是可以過著富裕而快樂的生活，但天不從人願，我卻得了難以醫治的神經衰弱症。先是頭暈、心跳、失眠，到後來嚴重得隨時隨刻要送醫院，一個傭人擔當不住，連外子上班都成了問題。

在不得已的情況下，外子用高薪請了一位女管家。

女管家知識程度高，能處理事情，能守信。這樣，外子總算能放心去上班了，而我，信任她是我的依靠，心情就不再那麼害怕，病情也比較穩定。

一段日子後，生活雖安定，但我的病情進步很慢，我時時愁著病況，感到前途渺茫，常常心情仍是很壞，因此影響著一家人的快樂。有一個靜靜的午後，我又眼淚汪汪地沮喪著；突然她對我說：「你要自己振作起來，不要全依靠別人，別人即使來安慰你，也只會來一次。」

她的話好像雷聲一樣，把我警醒了。

我的病雖然是經長期療養而痊癒的，但她的那句話我卻永不忘記，凡事須自助，然後有人助、天助。

破鞋

天空灰沉沉地，又是午後陣雨欲來的樣子。

下午一點鐘我要到社教館，晚上是我們文友合唱團十周年演出，下午彩排。看看天將下雨，又想到每次演出換裝時，衣物也沒有地方可好好存放，那就穿雙舊皮鞋去吧，既不怕雨，也可換下時隨便丟。

那雙鞋樣子很好，也很好走路，我常常穿它。走到距離公車站十來間店鋪時，左腳的鞋子忽然一鬆，腳往左側一傾，好像鞋要脫落的樣于。停住腳步，彎下腰去一看，原來鞋面左側的縫線斷了幾針，鞋面鬆了。

因著鞋破，我必須把腳放得平平正正，慢慢地走，也因此，原本內八字的走姿，現在因走得慢，可以留心伸得直直地踩出去，原本兩腳都往外傾斜，現在必須踩得平正，鞋才不會脫落，一下子，那些走路的壞習慣都改正了，自己看看，生平走路還沒有過這樣漂亮的姿勢。

忽然領悟，有些缺陷不一定不好，因著缺陷做起事來比較小心，更加努力，成功的機率反而增多。就像龜兔賽跑，先到的是烏龜。

也像我，因為鞋子破了，反而踩出美麗的走姿。

晚安曲

一提起晚安曲，我最先想到的就是每個母親的催眠曲，那是世界上最美的歌聲。

母親一手抱著孩子，一手拍著小屁股；或者，母親和孩子都躺在床上，嘴裡哼著溫柔慈祥的歌聲，這是多麼享受的時刻！可惜，每個人的那份享受時間都很短，脫離幼兒期，母親就不再唱了。

如果是大人，夜晚、睡前如能聽一、兩首幽靜的曲子，確是非常愉悅而又詩情畫意的；忙碌了一天，煩躁了一天，在輕輕的、柔和的音樂聲中，神情鬆弛，悠然入夢，相信一定睡得更甜。

近來電視台也有晚安曲的節目，名家編的詞和曲，加上歌星的嗓門，自然是大家喜愛的了。

我家四個人嗓門都不好，沒有一個人能唱歌的。平時家裡聽不到歌聲，偶而孩子們哼一、兩聲，也是「�哞哞咩咩」的，似牛非牛，似羊非羊，歌聲在我家好像是沙漠裡的綠葉，好難尋見啊。

夜晚，我們四個人是不會同時一起睡的，必定有先有後。如果外子先睡，他會跟我說：「今天好累，我先睡了。」或者，距離遠遠地在喊：「我睡覺啦！」若是孩子們先睡，一定會跟父母說：「媽，我睡了。」或者，「爸，我睡了。」假使偶然有時我先睡，我必定囑咐他們：「我先睡了，你們睡時要關好門窗。」

我們家沒有播放晚安曲，也沒有人唱晚安曲，可是睡前滿溢著關懷、溫馨，有超過唱晚安曲的情調，也有令人安心入夢的氣氛。

貧病相扶持

我常常感到人生最痛苦的事情是窮和病。俗語說：「富在深山有遠親，窮在路邊無人問」，「常病無孝子」，這兩句話已道出窮和病的苦難境況了。然而，好在人類還有一倫親密的夫妻關係。當初上帝造了第一個人——亞當，後來因見那人獨居不好，才又造了一個女人——夏娃，給亞當做配偶來幫助他。所以，有夫有妻的人是幸福的，因為夫妻是天生要相愛相助一輩子的。

天主教的結婚儀式中，當神父面對新郎新娘時會問些話，其中有一條，大意是：「當他（她）窮困或病倒的時候，你是否仍然忠心的愛他（她）。」跪在聖壇前的一對新人一定回答「是的」。

夫妻在順境的時候，總是快樂多，相處也和諧：到了窮困，或久病不癒的時候就會勃谿叢生，怨恨連連，所謂「柴米夫妻百事哀」。然而我們豈能忘記，「貧病相扶持」是夫妻之間應盡的責任。

年輕的夫妻身體健康，少有病痛，但是在事業和工作上如果碰到挫折或失敗，當那時，另一半溫柔地伸出一隻暖暖的手，他或她將覺得，即使什麼都沒有，我還有一個溫暖的家呀！而安慰和溫暖，將是他（她）東山再起的力量。

當老年的時候，有些人事業已經穩固了，有些人已交卸退休了，孩子也都成家立業不用操心了，但病痛總會伴著「老」而來。那有什麼關係呢？愉愉快快地陪他（她）上醫院看醫生，在陽光下陪他（她）散步，開開心心地伺候他（她），和他（她）聊天話家常，這是夫妻應盡的責任，是老來必然的過程，而且誰知自己那天不生病呢，互相相親相愛地生活，這不是夕陽無限好嗎？

「貧病相扶持」，才見夫妻的真情啊！

讚美與鼓勵

不多天前，去參觀一位朋友的畫展，看完，和那位朋友一起出來，同車赴另一個地方。

車中，我對那位朋友說：「好喜歡你的畫，也好羨慕！」

語畢，朋友愉快地笑著說：「好高興！聽到你稱讚我，我是非常喜歡人家給我鼓勵的。」

「我也是一樣耶。」接著朋友的話，我表示了自己的意思。「原來我們大人和小孩一樣喜歡別人讚美的。」兩人不禁哈哈大笑。

一路上，我又想起前一陣子，做了自認為很好吃的食物，送去給兒女及親友們，回家就等著電話，希望有人打電話來稱讚我，結果，一個電話也沒有，好失望！我有過經驗，如果誰說我的食物好吃，我會自知還有哪些缺點，譬如味道太淡啦，煮得太爛啦，我一定會再次用心製作，希望做得盡善盡美，再送去請他品嚐。想不到因讚美而產生的鼓勵作用，力量是這麼大啊！

回憶起孩子們小的時候，管教他們讀書也不懂得用讚美來鼓勵他們，只會一味責怪他們不夠用功、不夠努力。用責怪來管教，孩子當然不愉快，有時候見不到效果，自己還要脾氣十足，那真是太不應該了。現在懂了，可是歲月已過去了。

讚美別人，於人於己總是有益的。有時出去辦事，見那辦事人員一臉嚴肅無情，我輕經地說：「你的字好漂亮。」真是靈驗，他馬上露出笑容，還客氣一番。接著，事情也很快的辦好，大家愉快的互道再見。

讚美與鼓勵，是管教孩子的方法之一，也是促進人際關係的良好方法，我們應該不要吝嗇，多多利用。

這一把火

聽到火，我總會害怕：想到火是會傷害人的：如果再嚴重點，就會想到火災，哦，那太可怕了。其實，人的生活離不開火，火對人類的貢獻也很大，祇是看我們怎麼來處理火，利用火。

晚宴的時候，餐桌上有了美食、鮮花，又配上音樂，如果再點上一枝藝術蠟燭，那小小的火焰使人感到溫馨、美麗而安詳：煉鋼廠用的如烈日般的火爐，那是推動經濟命脈的火，是偉大的火。

在數不清的各種火的用途中，近年來又新增了一種火，那是「垃圾的火」。

垃圾，是近年來台北市最嚴重的環保問題之一。國民生活水準提高，都市人口增加，隨之垃圾產量急速上升，台北市一天的垃圾產量是三千八百公噸，成長的速度比先進國家還要高出許多，這實在是一件嚇人的事情，如果不善加處理，也許有一天我們都會生活在垃圾堆裏了。

環保局於民國七十四年在內湖籌建大型都市垃圾焚化廠，建造一個三十五公尺高，四十八平方公尺大的機械混燒式焚化爐，七十六年正式成立，八十年元月開始啟用

該大型高效能焚化爐，一天可焚燒垃圾九百公噸。焚化後的垃圾體積減為原來的十分之一，重量減為五分之一。而焚化後之灰渣對自然已無公害，運至掩埋場掩埋，可說是安定而衛生；而在焚化過程中所產生的高溫熱能，可用來發電，每月產生電量，除供應該廠照明和溫水游泳池及其他附屬設備加熱等自用之外，還有剩餘約合台幣兩百多萬元可賣給電力公司，再者，在灰燼中尚有廢鐵，也可回收利用，所以垃圾經過焚化處理後，除上述的安定和衛生外，又可達到減量及資源化等效益。

當初在內湖建廠時，曾遭當地居民強烈反抗，但現在焚化爐造好，運用這麼多時，還未曾有過一個居民前來提出異議，原因是焚化廠除以三億元回饋當

地居民外，並於廠區遍植花木，以調和週遭景觀，另設置溫水游泳池、藝文活動教室、網球場、兒童遊戲場、溜冰場、閱覽室、健身房、慢步跑道等設施，回饋居民使用，而最重要的是焚化爐放出的廢氣，經靜電集塵器、濕式洗煙塔雙重處理後，廢氣已近乎無氣味，這是使週遭居民安心的最大因素。

星星之火可以燎原，但當我們妥善處理，好好利用，火卻是一種能源，對人類是一種貢獻，就像焚化爐裏面的熊熊大火，可以幫助人類改善環境，提高生活品質，我們要感激這一把火。

復健室花絮

幾年前，我在醫院裡看到復健科這個科名時，覺得好陌生，不知道這是醫治什麼病的，想起來與我無關。後來漸漸了解復健科的治療作用，但仍覺得這種治療我是不需要的，它離我好遠好遠。

想不到事隔沒多久，我卻天天進出復健室，每天有半天耗在復健室裡，我常和復健師們半帶玩笑地說，我人生的一半是在妳們這裡度過的。

復健室與醫療室是有一段間隔的，大多設在另一個角落，或在另一個樓層；復健室不像醫療室，病人是一個一個進去診治，復健室同一個時段的病人都是一起進入室內，所以復健室內熱鬧滾滾，病人的喧嘩聲，機器的鳴叫聲，有時候還有音樂，沒有愁眉苦臉的病人，倒是相互點頭招呼關心的熱情，和有說有笑地嘻嘻哈哈，好像一個熱鬧的市集。

我開始去復健室是為了腰椎長骨刺和髖關節磨損、不良於行而去物理治療。

一踏進復健室，哇！四四方方的大廳燈光雪亮，四周都分成一小間一小間，用粉橘色的帘子間隔，倒是鮮豔亮麗，滿有生氣的，那小間是作為個人治療用的，每人一間，裡面放著機器，病人在裡面接受治療很是安穩；整個大廳又分成好多區域，如：腰牽引治療區、頸牽引治療區、干擾波、肌肉刺激器、皮神經刺激，超音波、短波及另一室的蠟療和水療。每一種治療都有不同的療效，都有復健師來帶領或服務。

進入復健室，大部份人先要做熱敷治療二十分鐘，然後才可做各種物理治療。

做熱敷時病人都排排坐，這一個區域是最熱鬧的，男士們有的看報，有的談政治，有的談病情，女性們喜歡互相交換意見，談談過去的病歷，現在的病情，甚至說不完的家人和家事，還有很多熱心的病友會傳來很多好好壞壞的訊息，例如說，她的朋友關節開刀開得很好，從此不再痛了，走路也沒問題；另一個朋友入院做腰椎手術，好好的看她走著進手術室的，卻癱瘓著出來，從此站不起來；

大家聽到成功的就會問是哪個大夫動的手術？聽到失敗的心裡非常警惕，就牢記著。時間到了，病人放下熱敷墊，走向各個小間去做各自的治療。

當初我去復健治療時，我的病情已經是無藥可治，到了要動手術的階段，去復健治療純粹是抱著姑且一試的心情。但復健治療確是給了我希望，我的精神因此重新振作起來。當時病友們看我舉步維艱，她們會告訴我：你看，前面那個穿藍上衣的太太，她來的時候人已經彎成快九十度了，現在都站直了；左邊那個穿紅衣服的也是，坐輪椅來的！現在也可以走了……

的確，我做了一個星期的腰牽引就覺得病情有好轉，有了盼望，心情就樂觀起來。

在我治療期間，也看到新來一位男士，他走路困難得半步半步地移動，好像新娘進禮堂一樣，據他說他僑居日本，從日本專程回台治腿痛，因為在日本做復健治療費用相當昂貴，寧可花機票錢都還值得，大家看他走路這麼辛苦，有人去扶他，有人幫他拿熱敷墊，一片溫馨，治療一段日子後，他走路漸趨好轉，後來不見他來了，原來他已進步到一個相當的程度，回日本去了。

有些復健的病人是坐輪椅來的，有些病人是需要有人陪伴的，因此復健室裡常有很多外傭，當主人去復健時，閒著的外傭這時候是她們的天地了，聊天、吃東西、嘻嘻哈哈、勾肩搭背，推來倒去，好在她們還懂得降低音量；有的會帶手工來做、有很少數帶書來看，這時候復健室的大廳有另一種的熱鬧，好像是外傭的聚會場所。病友們都很熱心和友善，而且都要做很長時間的治療，短則兩、三個月，長則兩、三年，長久相處，漸漸互相熟悉，好像朋友；而復健師們對病患都很負責，關心，她們的工作是瑣碎而忙碌，一天有早、中、晚三班，服務時間很長，她們輪班休假。

復健的各種物理治療，都是十五到二十五分鐘為一個療程。每一個療程的開始和結束是復健師們最忙碌的時候，她們幫病患把熱敷墊從滾水中拿出來，再包上毛巾給病患敷用；替每一個治療者連接好機器上的治療器，然後開動機器，水療和蠟療是病人自己做的，復健師在各個治療區工作完畢後，接下來要替做超音波的病人服務，或替病人按摩，在眾多治療項目中，祇有超音波和按摩是要人工做的，不過超音波的治療時間只有五分鐘，一切完畢後，復健師約可休息五分鐘左右，又要為下一個療程工作了。我總覺得復健師的人生被工作切割成二十五分鐘一段，二十五分鐘一段地過，在幾十個二十五分鐘下就過掉了人生的一天，我不知道她們會否覺得時間過得比別人快？

我在復健室治療了有一段時間，用過腰牽引、干擾波、短波、後來因手指扭傷又用過超音波等等，在做復健時，有時候閒著就會東看西看；有一天，一個療程開始後，四周顯得異常的安靜，我正在做熱敷，猛然抬頭，只見對面一片粉橘色的簾幕前，兩位年輕外傭坐在空著主人的輪椅上，面對面很優雅地在輕輕的閒談，這一個畫面非常的簡潔而藝術化，而又富有戲劇的趣味，好像一場電影的片頭，我好想吶喊：電影開演了，「復健室的春天」。

復健室裡可以看見人生百態，倒也多采多姿。

悠悠心思

胡姬花前訴心懷

沒多少日子前，剛作了一個決定：暫時不出國。

想不到決定後還沒多少日子，女兒掛來一個電話：她要去新加坡發表論文，邀我去做伴。

我原意不想去，一則我已去過新加坡，二則剛決定近期不出國，但我不能拒絕，而且馬上就一口答應，沒為什麼，這就是做媽媽的責任呀。

新加坡是有名的花園之城，街道整潔美麗有規劃，高樓大廈聳天，市容花團錦簇，綠樹林立（一個人擁有三棵樹），是一個高度現代化的花園之城。十多年前我第一次去時，一下飛機，一出機場，真是不由一愣；這回去，沒有這樣的強烈差別感受，私下想想，是我們台北的高樓大廈也增多了；不隨地吐痰、丟垃圾的習慣已行之有年，街道也清潔了；綠化也年年有擴大、又著重美化；中正機場的規模及設施和新加坡的樟宜機場相比，祇是我們少了些花，其它也不相上下，是我們台北進步了！心中好有安慰。

到新加坡第二天，隨著女兒去辦正事。向來，女兒上台的時候都不准我出席，她上台替同學鋼琴伴奏，我不能去，她在台灣發表論文，我不能去，她說我去了她會緊張，我心裏當然不舒暢，但為了成全她，我祇好不與計較。

這回，女兒居然說我可以做她的聽眾。這一聽，引起了我很大的驚奇和感觸，什麼時候我女兒的英文練得這麼好的呢？什麼時候我女兒的台風練得這樣從容自若的呢？她能在白皮膚、黃皮膚、黑皮膚的許多聽眾面前侃侃地說她的論文，侃侃地談她的研究，她原本說自己的國語不都還有些口吃的嗎？可是她講英語是這樣流暢啊！

回想起自己求學時代，有過強烈的願望：要把書唸好，要出國留學。可是因蘆溝橋事變、母親生病、過世、接下來國共內戰、避禍來台，我的書讀得如此地七零八落！加上自己又不夠勤奮努力，把美好的願望完全破碎了。

有人說：有時候自己的願望要等到第二代來完成，我不能認同此種說法。第二代完成的學業或事業，是第二代的努力和收穫，怎能歸屬到第一代，也無法歸屬給第一代。我當然為我有這樣的女兒而高興，可是我也無法避免讓情緒陷落在自己沒有成就的遺憾中，不禁無比的傷感。

新加坡的天氣非常的悶，但是任何一棟建築物都有冷氣，大車小車也都有冷氣，而且那裏的冷氣都是超冷的，那天在新加坡的會議中心，看見有人披毛披肩、毛衣、還有人手挽了薄棉襖，我因不知情沒有防備，冷得索索發抖，所以感覺上新加坡的天氣沒有很熱。

餘下來的兩天，應該去看看風景名勝，可惜我和女兒都地生人不熟，加上那裏的計程車不若台灣的方便，我們就隨便看看逛逛，印象深刻的是聳立在新加坡河河口的魚尾獅，那裏視野遼闊，河面上有船隻來往，風光美麗而熱鬧，以及植物園裏的大片胡姬花，豔麗非凡，是新加坡的國花。

一趟新加坡之行，帶回來的是感慨伴纏著快樂。

上帝的作品

三十歲那一年，我患腮腺炎發高燒，一夜之間燒壞了一隻右耳。

當時，覺得那是件天大的不幸事情，我非常難過、憂傷、流盡了眼淚，希望用我所有的能力和財力，來醫治好這隻耳朵。想不到這種病是無醫無藥可救的，讓我失望到極點。

家裡的氣氛非常沉悶，大家正束手無策之間，我那信奉佛教的婆婆突然對我說：「你聽耶穌的道，聽了那麼久還沒有信，耶穌也生氣了。」

沒多久，在教友們的陪伴下，我在基督教禮拜堂受了浸，信奉上帝，開始成為一個基督徒。受了浸以後，心裡是信了，可是頭腦裡還是糢糢糊糊，上帝是看不見摸不著的，如何證明祂的有呢？

聽道久了，我也懂得用心靈去感應，用思想去體驗，夜晚禱告時會覺得上帝似乎與我很近，過後，卻又覺得這恐怕是虛擬，有時候，我還很不敬的試探上帝，上帝也給我具體而清楚的答覆，但我很頑固，又想這也許是湊巧吧！

很長的年月中，我相信上帝，敬拜上帝，可是與上帝親近的時間很少，原因在我太愛世界上的一切玩樂，以致常錯過了禮拜。

民國八十六年九月，我坐維多利亞遊輪遊長江三峽，中途下船換小船進小三峽遊覽。本來遊小三峽說是有一點危險的，大家下遊輪前都先穿好救生衣。但是那一年那一段時候，小三峽有兩個月沒有下雨，所以河水很淺，河床石頭粒粒可見，行船很是困難，速度慢得幾乎和走路差不多，這時候，兩旁的山一大座一大座清楚的迎面而來，高大得幾乎遮了天，距離近得似乎伸手可及，如此大山接連不斷出現在我面前，有一種神聖和威武的感受，是我生平第一遭見到的如此嚴肅的天然景色。

我忽然覺得，這是神的作品！祂，巍峨地，莊嚴地坐在那裡，大自然就是祂的家啊！

八十六年至今，又是六個年頭，這期間沒有談起過這個問題，當然也沒人答覆我說的這些話是否能成立。

今年九月，我看了童元方的新書《水流花靜》。水流花靜中談的大部份是科學家與中國古詩。其中一位科學家「麥克士韋」有一段話：「世上萬物如何從無到有，科學對這個問題是絕對無能為力的。我們已來到自身思考能力的極限，因為我們承認了萬物不可能永遠獨立存在，所以一定是受造而生的。」

麥克士韋的這段話，好像與我的說法相近。

近年來，我常想到，生而為人，一生應該有些成就和享受才對，可是這不是人人容易獲得而能實行的。

成就是要及早立志，及早努力，加上時間的累積，才會有希望。

而享受呢，種類很多，但有些享受必須具備經濟和體力等條件，那就不是人人能享受得起，享受得到；我想，唯有欣賞大自然是最經濟而又有益身心的享受，而且人人享受得起。有經濟能力而又喜歡旅行的，可以到世界各國去看名勝，看風景；經濟一點，隨便一點的，就在國內，甚至近郊走走，看看山看看水，看看景物，甚至端詳一朵花，一隻蝴蝶，認識一種植物，一隻鳥兒，欣賞晨曦、晚霞，探索銀河，辨別星星，……樣樣都美麗而詩情畫意。

大自然間各式各樣，或壯觀、或奇特的美麗景物，當然是上帝的偉大傑作，如果把這些景物盡情地欣賞，那總算認得了這個世界，是獲得了人生一大享受，也學得一門學問。

人，也是上帝的作品，當初祂讓我失去一隻耳朵，現在想想不盡是壞事，人際間的聲音，尤其是在現時代，悅耳的實在是少，那又何必要統統聽呢？

隨筆三則

搖籃

每次，當我替網頁或光碟片配音樂的時候，我很喜歡配上一首布拉姆斯的搖籃曲。

當然，這首曲子確是非常好聽，但主要是我覺得「搖籃」是一個最溫暖安穩的地方，嬰兒躺在搖籃裡，蓋上柔軟暖和的被子，被媽媽慈愛的雙手輕輕的推動著，孩子有了安全感就不哭了，開始手舞足蹈起來，或是甜甜地入睡，生活在幸福中。

媽媽推動搖籃的手是一雙偉大的手，孩兒在搖籃中由媽媽保護著、養大、教育，直到成人，這是多幸福的成長過程，成長過程的幸與不幸是非常重要的，有時候會影響到一個人一生的個性和前途。

孩兒需要搖籃，大人其實也很需要像搖籃一樣溫暖和安穩的生活環境，才會心靈得到安適，工作能夠勤奮努力，生活有興趣，生命充滿希望；那就是一個溫暖的家，以及家人貼心的語言，或是親切的肢體動作。

所以我喜歡搖籃，連帶也喜歡搖籃曲。

年齡

很多年長者常對年輕人說：「我走過的橋比你走過的路還多，吃過的鹽比你吃過的飯還多。」言下之意，我比你們什麼都懂得多。

年長者的生活經驗確是比年輕人豐富，至於學問和專業知識就不一定是了，這些專長是要經過多年的研讀和學習才會懂得，並不是憑年長就自然會。

我覺得談年齡並不是一件愉快的事情。小孩子什麼事都不懂，可以說這孩子好天真，但老年人對一些普通常識不能通情達理的話，別人就會批評他無知。

在一個聚會裡，幾位老太太們在聊天，談到她們的好朋友趙太太怎麼沒有來，王太太說：「她最近有一點煩惱，一個人生活總覺得沒有安全感，想住養生村經濟能力又不夠」王太太還沒說完，經濟一直寬裕的方太太緊接著說：「她一個人養一個人還養不起嗎？」大家聽了都面面相覷，沒有一個人說話，而大家心裡都在想，這個七十多歲的老太太好像小孩一樣的不懂世事，真是無知的幼稚！

年齡大了，要學習謙虛一點，包容一點，慈祥一點，肚子裡也要多裝一點常識，否則，要人家怎樣來尊敬你呢？

想到年齡，就感到有威脅，有生之年就一天一天的在遞減，決不回復或停留，而且不告訴你哪一天，它就倏然而停。人生很難預測，我們只有緊緊地抓住每一天，好好地生活。

太陽

太陽對我是很重要的，早上醒來，看到窗外金黃色的陽光已透進室內，照得亮晃晃的，我就很愉快，馬上掀開被子一躍而起。若是天空陰沉沉的，室內暗暗的，我會無精打采，什麼興趣都沒有了，翻個身再睡會兒吧。似乎一天的情緒都操在太陽手裡。

有太陽的日子，我常和外子去大安公園曬太陽，那裡有幼兒在玩泥沙，孩童在溜滑梯，再大一點的就玩溜冰了，他們的臉蛋兒都被太陽曬得紅通通的，興高采烈地玩得滿頭大汗，童趣無窮！我們都是在早上坐計程車去，找一個椅子坐下，曬得暖和和的，再走走逛逛看看風景，有時候看到美麗的花草，我會掠攝一、兩張，拍得好的就成為我網站上的作品，中午在外午餐一頓，然後搭公車回家，是健身也是消遣。

通常台灣的天氣，一出太陽就會很熱，即使是冬天也可以不用穿厚衣了。可是去年的冬天很特別，一季冬天既長又冷，而且陰雨連綿很難放晴，空氣潮濕得讓人要發霉，心情也煩悶透了。直到春節後很久，有一天終於放晴，而且太陽很猛看起來是很熱，那一天我正要出去辦事；我曉得有太陽是很熱的，放下厚重的冬衣改穿輕薄的出去，一路走去不料寒風不停地吹刮，冷得我嗦嗦發抖有點招架不住，咦，今天的太陽怎麼和往常不一樣，不熱呢！我估計錯了，上了它的當。

一路，我在心中嘀咕著，現在天氣也不能貌相了；人，怎能貌相？

L.V.的迷思

每逢出門，我很注意衣著及配備用品，可說穿得還算光鮮亮麗，但倒沒有在意牌子是否有名氣；原因在於我天生儉樸，名牌物品偶而為之則有，但不會常常買名牌；再說白一點，現時代的許多名牌貨品我還不認識呢，有點土吧？

幾個月前，女兒拿來一個皮包，她說：「媽媽，這個皮包是朋友送我的，我送給你用，是L.V.的呢。」

「L.V.是什麼意思？」

「那是現今當紅的名牌啦。高級正牌貨有幾十萬一隻的，像這一隻大概也要三、四萬元。」

「我哪要用這麼貴的皮包，你自己用吧。」

那個皮包是大號貝殼型的，皮環銅扣，皮面是深咖啡的底色配上淺黃的小花和L.V.標誌，還有一把銅鎖垂在拉鍊環口邊，一派名牌的造型。

我沒有接受她的皮包，倒是藉此機會認識了L.V.這個牌子。而且認識了以後就此大開眼界。

之後，當我坐公車時，發現很多人用的手提包原來都是L.V.牌子的，咖啡色的皮質印上淺黃色的小花和字，或者是黑色底子印上彩色小花和字，我戴上眼鏡仔細研看那個字，原來就是重疊的L.V.兩個字，和我女兒要送我的那個皮包圖案完全一樣。

我心裡在感慨，儘管經濟不景氣，儘管失業的人那麼多，甚至有人活不下去而自殺，但是有錢人還是很多，因為有那麼多的人在用名牌皮包，真是貧富不均。

再仔細看看，她們用的名牌皮包，有些是很漂亮，有些不是很漂亮；皮面質料既差又不挺，環扣和帶子等都不亮麗，做工很差，款式也不新穎也不高貴別緻，提在手裡一點不起眼，也沒有人會側目相看，假如這些皮包去掉L.V.這個標誌，就是最普通的貨品，但是因為有了L.V.這兩個字，拿在手上的感覺就不同了，人的心態好奇怪！

我懷疑這些皮包到底是真貨還是假貨，還是我太土？

不，我不一定土。因為不久前新聞報導，在台北某條街上有一間倉庫型的賣場，全部賣的是 L.V.的皮包，但都是假貨，而且假貨還分A、B、C三級，可見我不一定土吧。

其實時尚流行也是人的正常心態，最近某個政治人物出國，所用的旅行箱都是 L.V.的牌子；韓劇「大長今」裡的「韓尚宮」，出國時手上挽的皮包也是L.V.牌子的，當然，他們用的都是真貨，L.V.當紅到如此，怎能叫人不心儀。

今年二〇〇五年，L.V.出了新款式——櫻桃包。深色的底子印上紅紅的小櫻桃，紅得好像甜汁要滴出來的樣子，我沒有買皮包的慾望，倒惹起我好想吃櫻桃的慾念；皮包上櫻桃布得滿滿的，這樣的皮包配衣服也要挑選，恐怕合適穿素色衣服吧。買了櫻桃包就要快快用，有人說也許明年 L.V.要出芭樂包或是香蕉包、鸚鵡包等等，那麼再拿櫻桃包就變成老土了。

做人難，追求流行也很難、很辛苦。

有一天我去菜場買菜，經過一個店鋪，抬頭一看裡面掛滿了皮包，琳琅滿目，其中卻有很多是櫻桃花式的，且是L.V.牌子的款式和皮面，也是皮環銅扣，做得相當像，只是少了L.V.兩個字，這當然都是假貨啦！但和真貨幾可亂真。假如不在乎心裡的滿足，那麼拿一個假的有什麼兩樣？

我很肯定我自己，不管我有沒有錢，我一定不會羨慕虛榮，假如有一個拿L.V.皮包的女士從我旁邊走過，我一定會視若無睹。好像，我老神在在是個出世的人。

那一天又是去菜場，一路買過來回頭又去買肉鬆，前面一個太太已買好正要付錢，看她從身上掏出一只放錢鈔和證件的小皮夾子來，那L.V.的花式在我眼前一亮，我一楞，心想她好有氣質喔！連小皮夾子都是L.V.牌子的。

哈，哈，完了完了，我還是個俗人呢！

悠悠心思

自從參加社區小公園的早操後，她已經習慣每天早上五點半就起床了。拉開窗簾打開落地長窗，歲暮天寒的這時候曙光還未出現，但東南角的天空中露出一〇一大樓的尖頂，在閃爍著彩色的燈光，亮麗透了，這是台灣的新地標，也是世界第一高樓，馬英九市長說：要將台北帶向全世界。這時候，她意識到台北就在她身旁，她也還住在台北；她有點驕傲，也很快樂，她想：我又要在國際都市裡生活新的一天了。

早上看一份報紙是她的享受。她喜歡的都會瀏覽一下；世間遠遠近近的國家大事，花邊新聞，市面上的經濟情況，日新月異的資訊，以及藝人們的新聞和八卦，也常博得她哈哈一笑，還有健康版與她有關的醫藥常識，副刊上喜歡的佳作，甚至旅遊版等，她都很有興趣，討厭而不愛看的是社會新聞，那些殺人、自殺、害人、被害……。

其實，她的生活是蠻幸福的，雖然沒有大富大貴，但是比下是有餘的，不知為什麼她心裡總有一些悠悠的思慮，隱隱的不快樂。

午間，她也常和朋友玩在一起。有時候大家約在誠品書店，看看書，知道哪些作家出了新書，看到好書或自己喜歡的大家買幾本回去，順便在誠品吃頓簡餐、聊個天、然後打道回府。有時候會約在某個餐廳悠閒地品嚐一頓午餐，再去逛街，看到喜歡的東西，互相討論買或不買。或者乾脆約在某個大姊家裡，吃吃唱唱，互訴心懷，非常愜意。假日，女兒女婿有空會邀她和丈夫一起出去吃飯，有時候兒子也會開車帶他們去野外看看風景，透透空氣。數算起來，她的生活是蠻有情趣也很悠閒。

即使不出去的時候，她睡個午覺，看看書，看看陽台上的花花草草，或出去辦些外務，時間也過得很快。

晚飯後，她總算做一些事情，打開電腦收看來信、寫回信，有時候打些稿子投出，就有一個盼望。還做些花花綠綠的網頁，把旅遊的照片及自己被報社刊出的小文都送到網站上去，她覺得很得意。

甚至睡覺的時候，她還開個錄放音機，播放自己收集的一些曲子。在悅耳的音樂聲中，她看看臥室四周，整潔清雅，內心不禁發出微笑。

很奇怪的，在如此良好的睡眠環境和心情下，一向入睡後熟得不知一切的她，現在半夜卻常會醒來，一醒就是兩個小時，在聲息全無的夜裡兩個小時是漫長的，她心情很平靜，但眼睛張得大大的，清醒得一無睡意。她懷疑自己有什麼不如意的事影響了她的睡眠，仔細地一件一件的數，倒也沒有呀，兒女雖不是飛黃騰達但也不頂差，又都懂得關心父母，孫輩都知道用功上進很優秀，丈夫身體健康，能幫忙做些家事，自己身體也還好，沒有不快樂呀，那麼應該快樂才對啊，不，想來想去沒有什麼快樂，最後，她終於搜索到了一個不快樂的原因：「我這樣整天無所事事，不是有些浪費生命，而且生活也沒有一個目標；可是自己又是這個年紀了，能做什麼事呢。」

為了這個問題，她常常想請教別人。

有一次有一個旅遊活動，坐在她旁邊的是一位很有高見的師長，且年齡比她大，她確定這是位很好的人選，她把心裡的這個問題請教他。師長回她說：「啊，你太苛求自己了，『工作』已不是我們這個年齡層的事情啦。難道你不知道林語堂說的嗎，尋找快樂，安享餘年。」接著他又說：「我們現在應該享受家庭生活，有空欣賞大自然風景，讀詩讀書或學些藝術，也結交些新朋老友，找機會和朋友聚餐聊天，……，尋找快樂，健康身體，這才是正道，不要給自己太大的壓力啦，影響到了健康，那才是真正的不快樂呢。」

師長的高見是如此，她一再反覆思想，往前回憶，自己年輕時確是踏踏實實地工作過，努力過，為家奉獻出自己的一切，那麼，現在老了，理當樂享餘年了。

終於，她想通了，心安了。當她再度半夜醒來時，她不再思索什麼，閉著眼靜靜的躺著，躺著，不知何時，她又酣然入夢。

手杖與傘

平日閒暇時，我看《聖經》。

《聖經舊約．出埃及記》，摩西奉耶和華之命，帶領受苦的以色列人逃出埃及，到寬闊美好又流奶與蜜之迦南美地；當經過紅海時，摩西向海伸杖，水便分開，海就成了乾地，以色列人下海中走乾地，水在他們的左右作了牆垣。

姑且假定摩西的杖是一根手杖。

那麼手杖原來曾經擔當過如此神聖、莊嚴而重要的使命，這是何等的重責大任，又是何等的榮耀！可惜對大部份人而言（除非基督徒），對此沒有什麼深刻印象。

手杖有很多方面的功用。

從前，很多有地位或有錢的人，即使還算年輕的，出門也都持手杖，這隻手杖是表示他們的地位、身價和名望，手杖拿在他們手裡，另有一種架式，顯得他們尊貴無比，使稍遜色的人為之卻步。

記得我有一位遠親，在三十年代，那時他還不滿三十歲，就當上政府機關的一個中級主官，他為了太年輕而特意加拿一隻手杖，以示老成。那時候大家看了都覺得怪怪的，但是他一身西裝畢挺和嚴肅的面容，使人不敢言笑，大家只好把奇怪悶在肚子裡。

但近些年來，除了少部分老年人會用手杖外，大部分老年人都不喜歡拿手杖，即使關節已有病變，行走很不方便，也不願意拿手杖，寧可拿一隻長柄傘來代替，這大概是和現代人都喜歡年輕的心情有關係。

手杖最有價值的用途，是幫助下肢有問題的朋友因之而可以行走。

而傘，就沒有這麼多光彩。

讓我有印象的，是法國有些女性有拿傘的風氣，她們拿的是長長小小的花傘，有時候撐有時候不撐，這種傘拿在她們手裡又是另一種架式，是美女的一種裝飾。還有，我們台灣的結婚禮俗中，當新娘進夫家家門時，新娘頭上會撐一把傘，這對傘來講已是一件很體面的事了，在人家喜氣洋洋的日子裡它也軋進一腳。

我認識這兩樣東西，傘比手杖要早，而且它給了我一個很傷心的記憶。

上小學時我母親已逝，我住在外祖母家。外祖母因年紀大，總在我口袋裡放一些錢，囑我若下課時下雨就自己坐人力車回家。有一個下午第四節快下課時，天空突然烏雲密佈，下起傾盆大雨，那時候我已無法走出校門去叫車，而同學們的媽媽一個一個都送來了傘，牽著自己的孩子回去了，我卻呆立在教室的一角，心裡在吶喊著：我要媽媽送傘，我不要坐人力車！

傘在我的心坎裡劃了一條傷痕，至今仍未淡化。

手杖沒有給我什麼不良的印象，我總覺得它是給人增添高貴，給人安全、給人幫助的好幫手。但我依然不知道，當我到了年老，或行動不便時，我會選擇手杖？還是傘？

畢竟，年輕是人人喜歡的。

讓湖山失色

杭州八月末的氣候仍是燠熱異常。為了觀賞西湖，早晨七點鐘我就走出旅舍。

香格里拉飯店面對西湖，大門口有一條寬寬的步道直通湖邊。我憧憬著一碧湖水，及花園柳繞的湖堤，急步向前。

「太太，買串珍珠吧，這是養珠。」突然，橫裡撞出一位婦人，伸出手指上掛滿珍珠項鍊的手，向我兜售。

「太太，都很漂亮，你看看吧。」我未說話，婦人又說了。

「太太，你喜歡長的還是短的，算便宜點好了。」婦人不停地推銷。

我一心要看西湖，哪有什麼心情買項鍊。

「我已經有珍珠項鍊了，你讓我去看西湖吧。」我一口拒絕。

這裡湖邊有很多座椅，就在近邊坐下來，這是多美的境界！湖面上一片煙霧迷茫，好像睡夢中的少女，還未睜開眼睛。

左邊是西泠橋、白堤，裏西湖的荷花還開著，模糊中透出一片綠色及點點艷紅；右邊是蘇堤、六橋及……。

「太太，買串珍珠回去，留個紀念吧。」又是兩個婦人，伸出兩隻套著珍珠項鍊的手，橫在我面前。

「我不喜歡嘛！你們不要纏住我嘛。」我有些厭煩。

「太太，顏色很多也，你看看，這是肉色、這是乳白色，這是蜜黃色。」兩個婦人能說善道，手還撥動著項鍊。我一點也無動於衷。

「太太，原來五十元一串的，現在賣給你二十元，這麼便宜，你順便帶一串回去吧。」

「啊喲，大好時光都給你們糟蹋了，西湖沒好好地看，已到早餐時間。」

我站起來，揮去她們的跟蹤，走了。

回旅館短短的一截路上，迎面又走來一個十多歲穿著破舊衣服，賣珍珠項鍊的男孩。

「太太，要不要買一串？」他揚了一揚手，未停下他原本緩慢的腳步。

「太太，你有吃不完的包子、春捲，帶一點給我吃，好嗎？」他又開口，向我乞討點心。

「嗨，你回來，我要買項鍊。」不知為什麼，剎那之間，我想買他的珍珠項鍊了。

* * *

杭州有個鐘乳洞，是非常偉大的天然奇景，取名「靈山幻景」，洞在山上，要去的前一天、地陪特別告訴大家，最好穿球鞋去，因為有一段上山路要走。

第二天，一到山腳下就有一群轎夫過來兜生意，說路況很不好，又是上坡，會很累。

我的腿是不太能走路，但看看比我大的姊姊們都沒有要坐轎子，我也不動這個腦筋；正其時，前面爆出一聲：「席裕珍，你也坐轎子來吧。」

啊！奇怪，一向身手矯健的美齡姊已坐上轎子去了。

於是轎夫們都向我圍過來，不停地叫著：「太太，坐轎子吧。」「太太，我抬你去。」

我說不知道前面那位太太出多少錢

有的說二十元，有的說十五元，有一位說，我們上去看她付多少，你也付多少。我就坐那一抬轎子上山了。

洞中濕漉漉，霧氣瀰漫，氣溫比外面低十度左右，有幾個石筍高得好像要直沖雲霄，整個氣勢和景致比日本的秋芳洞漂亮多了，我們互相牽著手，小心翼翼地邊走邊看。

走出洞外，又是一群轎夫圍得我寸步難移，他們說我是坐轎子上來的，仍要我坐轎子下山去。可是我實在不想坐，大姊姊們都不坐，下山又不累，我也想活動活動，但他們怎樣也不放過我，搶著要抬我，我火大了。高聲一吼：「你們不能擋住我的路！」

才突圍走出兩步，地陪走來跟我耳語：「那邊兩個女的轎夫說祇要三元錢，你就坐了吧。」

我祇好又坐了轎子下山，心裏卻一直在想：坐轎子和三元錢好像是兩回子事。

＊　＊　＊　＊

杭州的靈隱寺是有名的古剎。

靈隱寺外的樹木非常茂盛，在步道上走，好像披浴著滿身綠色，眼前一片清涼，舒暢之極。

悠悠的步伐中，看見路邊樹下都有婦女在賣茶葉，竹籃裡有鐵盒裝的，塑膠袋包裝的，也有打開的給顧客看，青青扁扁的茶尖，看來很是鮮嫩。想起杭州的龍井是有名的，我看了一眼，繼續前進，賣茶葉的婦人卻跟蹤著我，纏個不停，實在擾人之極；我看茶葉的品質不差，價錢又那麼便宜，塑膠袋包裝的一袋祇賣一元錢（等於台幣五元）。隨即賣了兩袋，既買了茶葉，也讓賣茶葉的婦人放了我，倒是輕鬆。

靈隱寺內有天王殿、大雄寶殿，大雄寶殿內有金色釋迦牟尼佛像，高十九公尺餘，又到對面看一尊很大的彌勒大佛，大佛的笑容把每一個遊客都逗笑了。

回程路上，一位文友看到我手裏提著茶葉，她大叫一聲說：

「啊，你買這個茶葉啊，這種茶葉是不能喝的！」

「為什麼？」我滿心疑惑地問。

「昨晚我們去坐船遊湖，船夫告訴我們，小販手裡的茶葉千萬不能買，那不是茶葉，是隨便從樹上摘下的葉子，加以烘乾，再加上顏料和香料，那根本不是茶葉，否則，哪有這麼便宜。」

聽罷，吃了一驚，竟有此等事？

深入地想一想，那茶葉的價格確是便宜得離了譜，不過，雖然沒有買到茶葉，但我買到了許多功夫、柴火、及香料和顏料，這一元錢的價值好大好大。

紅顏常好，不凋謝

已忘記在多少多少日子前，我懷著提攜孩子上幼稚園一樣的心情，分幾個梯次親手扦插了九盆九重葛，也記不得經過幾度春去秋來，現在它們都已長得高大健壯，葉茂花艷，一字排開，端踞在陽台欄干上，燦爛奪目，氣勢非凡。

我開始注意它們是在前年秋涼月圓時；有一個早晨我在陽台上澆花掃地，一抬頭，一片紅艷映射在我的眼前，喔，九重葛開花了，而且，它們是那麼整齊，九盆花好像商量好似的一起開花了，再看看，每盆花的枝枒間都長著叢叢花蕾，蓄勢待發，看來將有一場盛大而美麗的花景。

我是個杞人憂天者，沒有為花開高興，倒怪它們開花太早，這個時候開花，到聖誕節和新年時就沒花可看了；想不到它們把聖誕節和新年點綴得熱熱鬧鬧，花兒在冬陽的照射下，玫瑰色的花兒鮮豔亮麗極了，我替它們照了相，又和家中也種九重葛的文友，在電話中聊得瘋瘋癲癲地興奮不已，那真是一場轟轟烈烈的花景，一直到次年春天，花兒才漸次凋落。

去年，也是秋風初吹、菊花還未盛開的時節，九重葛的花兒又開始鬧上枝頭了。這些九重葛的枝幹都長成從上斜下向裡彎的弧形，初冬盛開的季節，長長的陽台欄干上佈滿了弧形的紅花，好像一長排密密短短的花瀑，尤其是有太陽的時候，花兒更是艷紅艷紅的；那天上午太陽正好，我也閒著，隨手搬了一張椅子，在陽台上看報又看花，看著那些玫瑰紅色的花兒，我不經意的哼起「玫瑰三願」這首歌來。

玫瑰花，玫瑰花，爛開在碧欄干下，……

哼著哼著，想想這玫瑰三願，我把它比喻成九重葛三願也沒有什麼不可以呀。

我輕輕唱起那三願：

我願那妒我的無情風雨莫吹打！我願那愛我的多情遊客莫攀摘！……

第一願沒什麼問題，因為我的九重葛種在陽台上，風雨不會很大，第二願更沒有問題，陽台上根本沒有外來遊客。

第三願，我願那紅顏常好不凋謝。……

啊，這是花兒的願望，也正是我的願望呢，多麼盼望花兒和我都紅顏常好，不凋謝！

但是人生啊，我們互相祝福吧，多多珍重愛惜自己吧，願我們能留住芳華。

我在陽台上坐了很久，看花看了很久，好像做了一場夢，不知何時走進了屋子。

幸，還是不幸

陽台上的幾枝杜鵑，花兒漸次凋落，地上倒是一片落英繽紛，好有詩意！放春假的女兒說下星期一學校恢復上課，啊，春假已放完了，那就是說今年已過了四分之一的時間啦，不禁心慌，因為我今年還懶著未動筆呢。

有一天在電話中，一位勤於寫作的朋友問我：「你要懶到什麼時候？」雖是知己朋友，但當時，我仍感到有些羞恥，不知如何回答才好。

事後，我從心裡很想要說：「要懶到老師、或父母來打我，我才會動筆。」看，我這個大人也要別人來管。被人管是苦惱？還是幸福？

我說是後者。

有一位五十多歲的男士，他父母都健在，因此免不了還常常會叮嚀他，或修正他的行事為人，那位男士聽多了就不耐煩；有一次他說，我已五十多歲了，父母還把我當小孩子一樣的管教，不知道這算是幸還是不幸？管教是由於愛和關心所產生的，這位男士多愚蠢，真是身在福中不知福。我多麼盼望有人來管我，教我收心提筆，我等待這樣的幸福。

感人的午餐

外子中午在外進膳，有時候因業務上的關係，常會被顧客請，或請客人，有時候和朋友同事共餐，沒有伴而時間充裕的時候，他就撥一個電話過來，邀我去和他一起午膳。

我倆的食量都不大，吃得也很隨便；豐盛些，點一客西菜，有時候叫一盤燴飯，很多的時候我們卻只吃幾個餃子。吃餃子總是選擇林森北路上，幾個老鄉合夥的一個小館子，沒有氣派的裝潢，沒有美麗的服務小姐，但卻經常賓客滿座。

也許那幾位老鄉是地道的北方人，包的水餃兒美味得無懈可擊。餡兒鮮嫩適口，皮子軟硬厚薄適度，而且價格低廉。我們每次光顧之後，總會發自內心的稱讚。

有一次，飽食之後我們聊起天來。外子說：「這裡的東西做得實在不錯，若是再換幾個年輕的小姐來服務，那就更好了。」我雖然不全贊同外子的意見，不過對那幾位老鄉顫抖的手腕，過慢的腳步，龍鍾的身軀，感覺上確也不頂舒適。話罷，抬起頭來瀏覽一番，見那五、六位老鄉，年齡都已過花甲，兩位較年輕的看起來也將近六十，幾乎都是髮蒼蒼，視茫茫，而齒牙動搖；應該，是過含飴弄孫的生活，而他們卻不辭辛苦，仍舊自食其力，愉快、敬業的神情率真的洋溢在面部。

驀然，我腦海裡映起一幅圖畫：黑漆漆的，聒噪著熱門音樂的咖啡館裡，坐著蹺起二郎腿，手指夾著煙卷，還在耗用父母血汗錢的青少年們。相比之下，心中頓時對那幾位老者充滿了敬愛之心，而原本對他們動作笨拙的嫌厭，也都消失殆盡了。

月夜散步

將圓未圓的月亮高掛在夜空，和我步步相隨，涼風微拂，透著秋的涼爽，真是個散步的好時光。

時間已不早，街上人車逐漸稀少。

路旁，一家廣告燈還開得雪亮的西餐廳，耀眼得讓我停下腳步來。門面上整塊的大玻璃窗透過紗簾，把餐廳內部映現得一清二楚，偌大的廳內只有兩桌客人，老闆坐在高櫃檯上專心算帳，一位小姐在用力的抹擦桌椅，顯然是快打烊了。

那位小姐先是用小掃帚把桌巾拂拭乾淨，再鋪理整齊，然後彎下身去拂拭椅墊，再兩手各拿著抹布，用力擦拭椅子的兩邊把手，用力得好像要擦出光來。她挨著次序，一桌一桌地打掃過來。視線隨著她上上下下的動作，發現她的長裙像拖把似地拖在地上，臉上的脂粉早已化作一堆油膩，呈現出一臉的疲憊和倦容。

想像起她白天笑容可掬的粉臉，長裙搖曳的風采，像仙女般周旋在客人面前；和現在相比，判若雲泥。

＊　＊　＊　＊

前面左邊，一盞昏黃的燈光下，一股煙霧冉冉上升，一大鍋菱角煮得熱騰騰的，鍋子旁邊的攤板上堆放著橘子、柳丁、梨子，攤位倚靠在人行道邊的柱子旁，攤主靠著柱子在打瞌睡，睡得好沉好沉，張著嘴一動也不動，攤旁零零落落地走過三兩行人，絲毫驚醒不了她。

多困苦的生涯！顯然，在夜深人靜中，在精疲力竭下，她還在為生活掙扎。

＊　＊　＊　＊

不多遠前面，靜寂黑暗的人行道上，一位年輕小姐扶著中年婦人在前面走，中年婦人腳步蹣跚，趑趄難行。沒幾步路後，她們倆往右面門口進去，等我走過去，看見她們還在門內，原來是一個樓梯口，她們正要上樓，年輕小姐兩手拉著中年婦人的一隻手，中年婦人的另一隻手扶壁，一腳伸前探索，我抬頭向上一望，門眉上寫著：「按摩理療院」。我不禁悽悵地跌入沉默中。

收回那隻手

每次去台大醫院看病，總要花半天的時間。看下午的醫生，上午十一點鐘就要去醫院排掛號的隊伍了。即使這麼早去，前面十號的椅子早已貼上掛號人的名字，被人佔去了，十一到二十號也有人坐著排隊了，我總是排在二十到三十號之間，於是，一段漫長的等候歷程便開始了。

雖然，要耗費我那麼多時間，但是倒並不太難挨，我覺得這也是人生的一種體驗啊。

坐在長廊裡，可以看到聽到醫院中形形色色的事情。看著我後面的位子被後來掛號者一個一個佔去了，成了一列隊伍；睡在推床上掛著點滴的病人被推來推去；面露各種表情的病人家屬進進出出；醫生和護士下班上班，又有另一種風采和神情；甚至清潔工來掃地，也有他的姿態；還有，坐在我兩旁排隊的病人，也有各個不同的人性。總之，那裡的一切，可以使我認識很多事情；隨之，聯想到很遠很遠的地方去。

中午十二點鐘，我拿出帶去的麵包等食物，充一頓午餐，餐後看看書，看看報，時間也就過去了。

有一次，我又去看病，當我坐下向右排列的掛號座椅，片刻後，遠處走來一位病患，直向我左邊的椅子盯，抬頭一看，天啊，他是一位面部受傷已結疤的病人，眼睛鼻子移了位，嘴巴歪向一邊，臉上又滿是疙瘩，……

我一陣痙攣，心裡直覺得，這樣一個怪人坐在我旁邊怎麼受得了？何況等一下我還要在這裡用一頓午飯，這，怎麼嚥得下口？很快的，想把手中的報紙放向左邊的位子，佔有這個位子，讓他隔開一個座位，至少可以遠離我些。

儘管心裡這樣快速的作了決定，可是拿報紙的手卻未曾伸出去。他，緊坐在我旁邊了，我只能低著頭，避著不看他的面部。

漫長的等待中，一再檢討，想想「收回那隻手」是對的，否則，自己豈不是傷害了一顆美麗的心！

遲到的感恩

當我和別人同行，我必傍在別人右邊。

當我坐長方西餐桌或會議桌，盡可能挑右下方盡頭的位置。

當我吃喜酒坐圓桌，那就坐那裡都一樣，祇好委屈我右邊的朋友，受到我的冷落。

超過半生的時間，我有這樣的麻煩，是我的遺憾。

事情要追憶到三十多年前，也是一個夏天，也像今年一樣的悶熱。那時候為了照顧孩子，我請求留職停薪在家，剛剛從辦公室調整腳步到家裡，對家務事和照料孩子都還未熟悉，還未上軌道，自己卻先病了、發燒了。

經醫生診斷後，說是腮腺炎，在家服藥休息，也沒覺得有什麼異狀，到了第三天發現右耳有耳鳴，但是家裡一切的聲音都聽得清清楚楚。那時候住的是日式房子，四周有院子，和外界有一段距離，因此很少噪音，院內又綠蔭深深，幽靜得連家裡掛鐘的滴答聲都聽得到，我不疑有它。

復診時，告訴醫生我右耳有耳鳴，醫生說耳科他不專長，介紹我去一位很有名的許姓耳科醫生，不料到了許醫生那裡事情就嚴重了。

「你的耳鳴可能是耳聾的症狀。」許醫生聽了我的病情後說。

我一聽此話，馬上四肢好像癱瘓了，神情恍惚。醫生太太在旁安慰我，病來如山倒，病去似抽絲，病是要耐性慢慢醫的。

「我替你做個測驗。用冰水打進耳朵去，如果沒有反應，就是沒有聽覺了。」許醫生又說。

坐上手術椅，也未看清楚醫生用什麼器具打冰水進耳朵，也沒覺得耳朵有什麼不舒服，倒是人昏暈了……醒來，醫生已把外子找來，給我們一個晴天大霹靂——耳聾的事實。外子小心翼翼地陪著我回家

回家後，我天天以淚洗面，我怎麼能接受好好的一個人，一下子變成殘障，我強烈地企求要回原來的我啊！我傷心得祇有哭。

每次去醫生那裡門診，也總是以哭收場。好長一段時間，家裡籠罩著愁雲慘霧，壓得每一個人都透不過氣來；醫生呢，也開不出藥方可收乾我的眼淚、我傷心難過，不甘願，不認輸，天天被這些情緒折磨著、囚禁著，不得紓解。

而更可憐的是外子，他既要工作，又要幫忙家事，照顧小孩，還要陪我看醫生，安撫我的情緒，他被累得日益消瘦。

「我根本不在乎你少一個耳朵，祇盼望你快快樂樂，讓我也快快樂樂，否則，我也過不下去了。」有一天外子下班回來，一臉憔悴，但誠懇地對我說了這話。

「你怎樣哭也哭不回你的耳朵，何況失去一個耳朵，並不是失去百分之五十的聽力，祇不過失去百分之二十罷了，連助聽器也不需要。」醫生在無可奈何中，最後向我說了個明白。

我被他們喚醒了。傷心和不認輸是換不回失去的所愛，還是認命堅強起來，接受事實，面對一切，日子還有希望和快樂。

陰霾過去，次年春暖花開時節，我又回去上班，公司的同事都說我聽力仍很好：隔個走廊另一室供應部的同事們講話，我坐在秘書室都聽得清清楚楚，後來他們知道了。戲說以後講話要小心，免得被我都聽去了。

然而，外人不知道，壞了一個耳朵是很有麻煩的。

先是日夜不斷的耳鳴，耳鳴的輕重程度好像是氣象台，當天氣要變壞了，當我的情緒憂煩時，或者睡眠不夠，身體虛弱，做事過勞等時候，耳鳴都會更厲害。那時候最迅速的對策就是好好地睡一覺。如果環境中有大聲音。如入機器房或有冷氣機聲音等，我的耳朵會共鳴得好起勁，別無他法，祇有離開這種場合。

再說聽力方面，遠距離的較沒有影響，近距離的，尤其發生在右邊的事情，麻煩就大了。

有一次，一位很客氣的朋友請客，請他一位香港來的貴賓，請我去做唯一的陪客，而這位貴賓的位子正好安排在我的右邊，這如何能交談呢？我又礙於自尊不願說明我有耳疾，因此大部分時間以微笑點頭為禮，真恨時間不快快過去，讓我脫身啊！

又有一次和一位也有耳疾的文友一起去郊遊，在遊覽車上兩人坐同一排位子，而她的耳疾正好也在右邊，兩人怎樣交換位子都無法聊天，最後祇有大家都側過身來面對面，才互相聽得到，兩人不禁哈哈大笑。

當我走在路上，遇到熟人叫我，我辨別不出方向，往往要轉一個圈子才看到人，如果在十字路口聽到「嗚矣、嗚矣」救護車的聲音，我也辨別不出車子來自何方，有一次祇覺得救護車的鳴聲很大、但就是看不到車子，稍後，發現車子就在我背後，真嚇了我一跳。外子常囑我在路上要小心，要多用眼睛看清楚，我想想。我何嘗不小心，但又怎能小心得了。

自從十幾年前如入文友合唱團後，豁然改變了心態，因為我聽到了自己悅耳的歌聲，終於領悟上帝的恩典，祂還留給我一隻完好的耳朵，可以享受世界上一切的聲音、參加任何的活動，假如當時壞了兩隻耳朵，這情何以堪！

因為我留有一隻完好的耳朵。仍可以和家人如常的生活，如常的彼此心靈交流：可以和朋友聊天：可以傾聽大自然的風聲、雨聲、浪濤聲、溪流聲、雞啼狗吠、鳥唱蟲鳴、聆賞歌劇、音樂……

感謝上帝，留給我一隻完好的耳朵、一隻可以傾聽一切的耳朵。

散文的精神

我國散文發展得很早，殷商時代最早的文筆，即以散文形式出現。此後從先秦諸子的說理散文，進展到酈道元、柳宗元的山水散文，成熟為晚明抒情的清新小品，而後又出現了五四運動成果下的白話文，那好像是一條綿長清澈的溪流，從源頭的潺潺淙淙，經過細細山澗的呢喃，到亂石崩雲的拍擊鏗鏘，一路美麗清新，讓美好永遠蕩漾在人的心底。

散文好像一首詩，抑揚頓挫地吟詠出作者的心曲，它的題材可大可小，小至身邊瑣事，大則涉及到作者對社會、文化、政治、環境各層面種種問題的冥思、見解、判斷與反省。

所以，即使在現今科技時代，處處仍是脫離不了散文；除了文學雜誌，報紙副刊，在經濟、科技等專業性刊物中，也少不了散文的蹤跡。這就是因為人類在物質生活的高度享受之後，精神生活及文化水準的提昇，也是必然的事情，而現代社會型態改變，大家生活忙碌，散文恰是最適合大眾的讀物。

散文寫作的境界，一直是作者努力的目標。獲得諾貝爾文學獎的散文大師以撒・辛格強調：「只要誠誠懇懇地寫作，縱使世界上只有一名讀者相信自己，那麼自己便已達到了任務。」由此觀之，握持散文的筆，祇須心懷真實、溫厚的理念，隨著時代面貌的變遷，而作反省思考的附和，發展出契合大時代、新環境的散文新精神，散文就能在時代的洪流中，永遠清新自在。

迎向自然

海參威風情

海參威位於中國北方和韓國之間，原屬中國的土地，元朝時稱永明城。公元一八六〇年《中俄北京條約》簽訂後，被沙俄割佔。因此，當我知道有一趟「海參威之旅」時，我興奮中帶著傷感。

我們一行共十一個人，除了幾個眷屬之外，全是英文老師。六月二十三日清晨，搭印尼的飛機到韓國漢城，再轉機到海參威，兩個飛程共五小時，海參威和台北時差是早三小時，所以那裡晚上十點鐘天才黑，但早上五點半卻已可以看見曚曨曙色。

海參威的機場並不十分現代化，登機有空橋，下機卻沒有空橋，也沒有漂亮的出入境大廳。下了飛機搭機場巴士到入境室，等旅客進入後，大門就鎖起來了，我們等了一陣子，才見工作人員替我們驗證入境。工作很不緊湊，但他們的種種規定卻又很嚴格。

海參威被俄國佔據已一百四十三年，我很想知道那裡還有沒有我們中國百姓，在韓國到海參威的飛機上，坐在我旁邊的正好是海參威當地的俄羅斯人，而且巧的是她會講英文，我叫女兒問她，她說，中國人已經很少，即使有一些也是聚居在一個地方，他們出外已都講俄文。我想，留在那裡的中國百姓，心裡是什麼滋味呢？海參威對他們來說，算是故鄉呢？還是他鄉？

在明朝時，海參威還只是一處荒涼的海邊，被俄國人建城一百四十三年後，現在已是一片迷人的俄羅斯風情。

海參威是三面環海，一面連山的山城，房屋依山臨海而建，很多是五、六層樓的俄式建築，街道隨著山丘上上下下，所以隨時有石階或斜坡，走起來有些累人，但樹木多而漂亮，走在街道上滿目綠色，非常舒服。只是交通秩序遠不如我們，紅綠燈時間很短，行人根本來不及走，而車輛又不讓人，過馬路總讓人緊緊張張，一路行來未見機車，也未見計程車。

同行的老師都是去發表論文的，上午我去做他們的聽眾，下午我回旅館小睡一下，有幾個傍晚，海參威的國際會議中心開一輛遊覽車帶我們去觀光，我看到路邊有六角形的亭子，販賣書報雜誌，或是麵包西點，門都關得好好地，整整齊齊，沒有看見路邊攤。一般商店的門都很小，市招也很小並緊貼著窗子或牆壁，根本看不出是商店。

車子到了列寧廣場停下來，我下車吸了一口俄羅斯空氣。列寧廣場很大，廣場一邊的上面矗立著一尊列寧雕像，左手拿著帽子，右手指向東方，神采飛揚；這是在一九二四年紀念列寧逝世而建的。廣場很大，大人在那裡休閒，小孩在那裡玩樂，有馬隊，有遊樂設施，鴿子在地上漫步，一片祥和。

廣場的另一邊是火車站，海參威火車站的名氣是鑾響叮噹的，它是西伯利亞大鐵路的終點。西伯利亞大鐵路起自莫斯科，止於海參威。海參威的火車站非常漂亮而別緻，可惜因限於時間，我們下車只看了一眼，既沒有看清楚，也沒有照相。

遊覽車連著開了三個晚上，第三天帶我們乘船遊海，海水非常清藍，港裡有軍艦，有運輸船。據說海參威是世界著名的不凍港，冬天結冰期很短，借用破冰船就可全年通航，且也是漁港。我們在船艙裡、甲板上進進出出，海風好大好冷，我們急著添衣，也急著拍照。

第四天老師們的公事都辦完了，大家可以自由活動。我和女兒先去了旅館附近的小超市，那個規模就像台灣從前傳統的小雜貨店，不過那裡的小超市是有空調、有冰櫃，賣的是飲料、冰淇淋、起士、奶油、牛奶、麵包、香腸、水果等等，雖小卻很整潔。

我們還去了一家很大的百貨公司，請旅館的櫃檯服務員畫了地圖讓我們去找。想不到一家面積很大，有四、五層樓規模的大百貨公司，居然沒有大玻璃窗，市招只在門兩旁掛兩塊小牌子，大門小得像住家，門口沒有人潮，難怪我們不敢進去。後來經人解說，海參威因冬天零下十幾度的嚴寒，窗子和門都不能開很大，以免寒氣進去，而且為了防寒，一般的門非但小且都是做兩道的，又厚又重，我們聽了才恍然大悟。

在百貨公司我們買了俄羅斯木娃娃，買了俄羅斯別針，巧克力糖等。他們最普遍的特產是魚子醬、伏特加酒、紅色十月巧克力、木娃娃、鮭魚，既多又便宜。

胖胖圓圓的木娃娃是俄羅斯的民俗手工藝品。娃娃的由來，據說是在一千多年前，有一個小男孩和妹妹一起出外牧羊，半途發現妹妹不見了。小男孩因想念妹妹，刻了一個漂亮的木娃娃代替妹妹帶在身邊。每過幾年，他就刻一個稍大的，一共刻了七個，他把這些娃娃套起來，想念妹妹時就一個一個打開，好像看到妹妹從小到大，後來這個娃娃就變成俄羅斯的特產。據說向木娃娃許願，她還會幫你達成願望呢！

木娃娃有各種面容，有各種花樣的衣服，有很大的也有很小的，有很貴的也有便宜的，從三個一套、七個一套、直到二十個一套，真是琳瑯滿目，花了買客的眼睛。大家都很有興趣地挑選、購買，我也不敢錯失機會。

賣木娃娃的生意這麼好是有原因的，因為那位店員會講英文，有問有答方便多了，顧客的興趣自然濃厚，不像另一位賣巧克力糖的婦女不會講英文，比手畫腳，還弄不清楚。在海參威通用的是俄文，除了觀光飯店的櫃檯員會講英文，部分做觀光客生意的商人會講英文，其他地方英文就行不通了。

海參威的物價比台灣低。但是他們給觀光客的價錢是另一種標準，別的國家一百元美金一夜等級的住宿費，在海參威要收取一百四十元美金，賣給觀光客的商品價格也不便宜，海參威銀行的匯兌部門打烊很晚，有一天星期六下午四點半我試著去銀行換錢，匯兌部門居然還開著，他們的營業時間長，使我得到方便。

海參威有明顯的國際地位，一九九二年開始對外開放，現已成為旅遊者的勝地。俄羅斯人皮膚白皙，身材高眺而健壯，看起來都很漂亮，待人又和氣，當我走進會議中心，有人見我腿不好，馬上遞椅子給我；在風景區有當地遊客見我不良於行，就走近來對我說，「我的腿也病過，是開刀治好的」；我們打電話叫計程車，司機先生滿臉笑容地幫我們搬行李；處處都好有人情味。海參威之旅，還真是不虛此行，讓我帶著愉快回來。

山野悠遊

地上燃燒著接連不斷的火把，那是露營的人照明用的，他們就著火把在吃宵夜，在玩牌，在擺龍門陣；天上也亮著滿天的星星，野外的天空遼闊而沉靜，星星也特別晶亮，我們游走火把間，卻仰著頭在數星星。

「看到嗎？看到嗎？這是獵戶星座。」阿山突然叫起來，手指著天空要我們看。

「在哪裡？」

「喏，那裡不是有兩顆最亮最大的星星嗎？那是腦袋和肩膀，下面還有三顆小星星斜連成一線，是一把劍。」

「喔，看到了，看到了，就在這裡。」阿平和我同時發現了，好開心，認識了一群星星。

小軒手指著天空、指著星星，還在問：「是這個嗎？」大家回答他好幾次，他還是找不到。

「好啦，早點回去睡覺吧，明天一早要起來看日出呢。」阿山催促著我們，人已轉身走向回去的路。

到了山莊小木屋，阿雄已從公用電話亭回來了。阿平拿出帶來的水果，清洗削皮，而窗外蟲聲窸窣，微風輕呼，窗上樹影搖晃，不久，大家都在安靜的夜中睡去。

醒來天已大亮，太陽早已上山了。

有好幾次出去玩，預定要看日出，終因好睡而無結果，這次又落空了。

那麼一起上山去會見太陽吧！

山野的清晨真好，遼闊的天空上飄著朵朵白雲，透射出金亮的陽光，空氣清新而帶著草香。遠處山峰翠疊，湮沒在雲霧中，地上草兒鮮綠，小花兒彩色繽紛，露珠晶瑩。循山路拾級上去，兩旁樹木成蔭，陽光透過隙縫灑下來，階梯上布滿了閃爍的金片，山徑的盡頭在高處，似乎通往仙境。

阿雄領先在前面，小軒一路奔奔跳跳，但我們三個都走不快。阿山乾脆脫下皮鞋打赤腳，他說小時候常赤腳走路，舒服又省力，他在重溫舊夢，小軒看了很好奇，我和阿平在好笑。

「這是火燄花吧。」阿平從階梯旁拾起一朵花兒。

「讓我看看。」小軒湊過頭來，一手搶了過去。是淺紫色，小鳥似的一朵花，我也第一次認識。

小軒搶了火燄花過去，就低著頭在腳旁留意，希望還有別的花出現。走完上坡路，前面有一片草地，這時小軒大叫起來：「你們看，這些草都會動的，腳一碰，全都收起來了。」

「啊，是含羞草，滿地都是呢。」阿山認識花草，他指給我們看。

阿雄走得快，已不見人影，留下我們四個在玩含羞草。肥肥長長的羽狀葉子，紫色小球似的花兒，長得滿地遍野。這可樂壞了我們來自都市的人，四個人蹲在地上，用手去一棵一棵地觸摸，無奈一碰它，葉子就蜷起來了，原本向四周張開的長葉子都變成一條線。大家好奇地玩著玩著，卻可憐它長在地上，不能逃避被人踩踏的命運。

「你們幹嘛還不上來？」阿雄回頭來找我們。「上面有羊蹄甲樹都開了花。」

我們趕快奔上去。

山頂上的平台好漂亮，四周都是羊蹄甲樹，春初的季節花全開了，也是紫色，花朵單獨一朵朵的，看來飄逸美麗，我很喜歡這種樹相。地上草坪如茵，太陽掛在天際，微笑著灑遍每一寸土地。前面觀景台上有很多人，我們也上去了。

喔，曾文水庫就在下面，清澈藍色的水，像一條帶子纏繞在山腰間，水平如鏡，水氣氤氳，山莊的紅色小木屋點綴在山腳邊，風景美麗如畫，還散發著寧謐和悠閒。站在這裡，離紅塵已遠，思緒就澄淨清明，一切的煩惱也都忘了，胸臆中充滿了愉悅，人間難得幾回有！

阿雄是喜歡照相的，他已找定了好的背景，叫我們站在這裡，站在那裡……

當然，照得最多的是小軒，他年幼、活潑、充滿好奇。

下山時，經過滑草場及射箭場，小軒大聲嚷起來：「這是我最喜歡的，絕對不可錯過！」

雖然今天還要趕路去別處，但也祇好讓他玩。阿山陪他去買票入場，我們在外面觀看。這兩項遊戲小軒都是第一次玩，因此，滑草要別人推，射箭一箭也沒中。沒關係，小軒走出來時，臉上寫滿了快樂。

陪小軒玩罷出來，腳步仍未能加快，因兩旁撿果的遊人把我們吸引住了。

在暖春裡，中南部高大的芒果樹開花正茂盛，像葉子狀的咖啡色花朵伸展在樹頂，未長大的果實很多掉落在地上，據說淹漬後就是情人果，變成酸酸甜甜大家寵愛的食品：一旁矮矮的百香果像個小樹林，果熟蒂落，很多已腐爛，遊人在撿拾尚新鮮的，回家把它打成百香果汁，又是大家的最愛。

大自然真好，它供人類休閒玩樂，賞月觀日，看山看水，賞心悅目：它生產五穀蔬果，把甜甜的蜜汁餵得人類飽飽的。倘佯在大自然裡，看不到暴力、流血、火災，也聽不到姦殺、凌虐、哭聲、哀嚎等怵目驚心的事情，因此，身心無比的安穩和愉快。

走出樹林，我們才認真地加快了腳步。

旅遊側記

之一

去年夏天去夏威夷觀光三天，到最後一天晚上才去威基基海灘，遊罷海灘歸來約九點多鐘，從海灘穿出小巷就是大街，大街上熱鬧非凡，人潮擁擠得摩肩接踵，兩旁的大玻璃櫥窗漂亮又新異，霓虹燈和雷射燈光亮得耀眼，人聲車聲音樂聲響得鼎沸，好一個熱鬧的現代都市！

跨過馬路到大街對面，看到路邊有一個全身銀色的年輕男性雕像，連臉部都是銀色的，站立在木箱上，前面地上放著一個大盤子，我想這是路邊的裝飾，但我和女兒倆覺得有些好奇，停下腳步來，沒一下，有一個過路人丟一個硬幣到大盤子裡，好像看到那銀色雕像的眼睛閃動了一下，我想這大概是機器人，會有反應的，後來又有人丟錢到盤子裡，那雕像居然面露笑容，還舉起手來行禮，喔，這原來是個真人，我被他騙了，他化妝成雕像，這是我頭一遭看到的街頭表演方式。

想想覺得也好有意思，現在的時代樣樣都日新月異，很多事要講究技術和技巧，連要讓路人掏出口袋的錢也要動動腦筋，要點花樣，才能引人好奇而啟發愛心。

我很佩服這個街頭藝人。

之二

每次出國旅遊，我總把該旅遊地的景點先查個清楚，有多少個景點，每個景點的歷史、典故，以及它的景觀特色，我都牢記在心，到了當地再細細欣賞，這樣旅遊回來才不會一頭霧水。

前年八月中旬去歐州的德、奧、瑞三國。我知道到瑞士除了觀山看湖，賞雪，之外我特別記得要去看「卡貝爾橋」。

因為據資料記載：「卡貝爾橋是歐洲最古老的木橋，紅色屋頂的特殊造型是琉森極為顯著的地標之一；該橋建於公元一三三三年，全長二〇〇公尺，矮矮的浮跨在路易斯河上，橋身有連續不斷裝飾著的花束，橋頂木頭上有一百多幅古畫。橋身近中央的地方有一個八角形的塔樓，曾經是暫時安放戰利品之處。」

這樣一座富有歷史性和藝術性，造型又特殊的歐洲古老木橋，我嚮往之至，怎可遺漏。

好在這次旅遊是隨旅行團去的。行程表上已列著這個景點，且有領隊帶領，應該沒有問題。

到瑞士那一天天氣很好，天青雲藍，領隊帶大家到琉森湖畔，先是買瑞士有名的手錶，再買有名的瑞士刀，又買昂貴的運動衫，領隊都是全程陪伴，接下來領隊問我們，哪些人要坐船遊琉森湖的來登記付票款，登記完畢，領隊要我們自由活動，她接洽遊船事件去了。

自由活動時，我和女兒倆因人地生疏，不敢走太遠，就在湖畔欣賞風景，我覺得那裡的街景和上海的外灘很相似，我們又很有興趣地觀看四個胖胖的女性洋人，其中兩個胖得有兩個人這麼大，坐在鐘錶店門口的石凳上大吃冰淇淋，隨後我們走進橫街逛逛，在幾個商店裡買了些東西；領隊就回來了，帶我們去坐船遊湖。

遊湖回來，天色已暗，我想起今天還有個景點，卡貝爾橋還沒去看，我提醒領隊，領隊說：

「剛才自由活動你們怎麼沒去。」

「我不知道要我們自己去，而且也不知道在哪裡？」我說。

「就在我叫你們自由活動那個地方的隔壁一條街呀！」

「你不說我怎麼知道，那我們應該補去呀！」

「現在沒有時間了。」

「很快地逛一圈就好，讓我看一看。」

「真的沒有時間，有時間我怎麼會不去。」

我一向不善於和人交涉，別的團員又都不在乎，她一再拒絕，我再想看也沒辦法，只好原諒她是職業厭倦，她天天講同樣的話講厭了，卻沒想到天天聽的人不是同一個呀！她對工作不夠敬業，有虧職責。

我只好阿Q式的自我安慰，留一個遺憾，讓我有下次再去的欲望吧！

之三

去大陸觀光，我把桂林這個景點排在第二位。「桂林山水甲天下」，這是古人說的。「甲天下」呢！美得頂尖兒的風景啊，我怎會不心動。

那一年去桂林，已是十一年前的事情了，那時數位相機還不太普遍，我帶的是傻瓜相機。每次帶相機出門，都會帶上充足的底片。到桂林的第二天，早上從旅館出發，到達風景區下了遊覽車，發現底片忘了帶，回去拿是不可能，只好在攤子上補充兩卷。

那時節是天高氣爽的秋天，我們第一站先上船遊漓江，船一開動沒多久，漓江兩旁山景的特色就把我驚呆了，它們不是雲霧瀰漫讓人迷茫幻想，也不是怪異峻險讓人心慌害怕，更不是雄偉高聳讓人崇敬讚佩，而是大部分好像從地上種出來的，一座一座小而單獨的，也好像是娃娃們玩家家酒擺在那裡的，山形山狀都呈現一種趣味性，好像可以拿在手上把玩似的，可愛極了。我抓住移動的山景趕快按相機快門，想拍下來留待日後好常常觀賞，遊完漓江上岸，一卷底片也拍完了。

桂林的風景很多，但我最是鍾愛漓江兩旁的山景，等遊程走完，心想回到台灣就可以看照片了。

我的照片一直固定在一家店裡沖洗，從沒有發生問題，但這一次的底片沖洗後大部分都壞了，有些連影子都沒有，怎會這樣呢？思索好久，恍然想到是攤子上買的兩卷底片出了毛病，是過期貨啊！

很不容易去桂林一次，心愛的風景卻沒能留存下來，我非常難過，至今未能釋懷。我覺得攤販賣東西寧可稍貴一點，對客人的影響比較小，而把壞東西賣給客人，有時候會造成客人很大的麻煩，或無法彌補的遺憾，那豈不是罪可大了？

我真是無可奈何！

夏威夷之遊

一早離開威斯康辛大學，坐了八、九個小時的飛機到達夏威夷，已是晚餐時分。

夏威夷給我的第一個印象是東方面孔多，第二個印象是椰子樹多、海灘多，第三個印象是夜晚火炬多。我們團體中有一位老師是夏威夷大學畢業的，念博士修了五年，她對夏威夷熟悉透了，所以在夏威夷全部由這位老師帶著我們玩。

我一直以為只有台灣是生產鳳梨的地方，現在才知道原來生產鳳梨最多的地方是夏威夷。

夏威夷有個鳳梨園，種植著許許多多的鳳梨；有遊園小火車可坐，上車時車旁有一位膚色微黑體態胖胖的小女孩，穿著夏威夷衫、戴著花環非常可愛地迎接遊客。園內除鳳梨外，還樹立著很多彩繪假人，各個不同的表情和動作，非常有趣，下火車時園內還請吃切好的鳳梨，香甜中帶著微微的酸，風味卻是不同；鳳梨園內有很多種類很精緻的紀念品出售，非常吸引人，可惜價格不菲，使人望而怯步；更吸引人的是大捲大捲的冰淇淋，上面插著汁水盈盈的鳳梨棒，讓每個人都不願放棄這個賣冰淇淋的隊伍了，鳳梨園真有魅力。

老師帶我們去恐龍灣，坐公車去的呢，在夏威夷我們去哪裡都是坐公車，因為各地的路線老師都認得。恐龍灣有一塊大大的岩石像熟睡中的恐龍，因此而得名；灣內海水很淺，水色翠藍，下水的人就可以清晰地看到水底的珊瑚礁及美麗的熱帶魚群，據說這裡是夏威夷最有名的浮潛地點；還有，一九六一年貓王主演的電影「藍色夏威夷」是在恐龍灣拍攝的，因此聲名大噪；不只如此，恐龍灣還是夏威夷十大景點的第一名。

老師們脫了鞋去踩水了，我坐在沙灘上欣賞清清藍藍的水，欣賞戲水的人群，欣賞林立的椰子樹，這就是恐龍灣，這就是夏威夷。

在夏威夷公車坐多了，倒讓我看到美國公車的殘障福利，使我驚嘆。公車居然設計得讓坐輪椅的人也能搭乘，車上前三排座位是靠車箱直式的，有坐輪椅的要上車，司機先生起身請這些位子上的乘客移到後面去，然後把這三排椅子的座位翻上去靠車壁，再把上下車的台階升平、放斜，電動輪椅就慢慢的滾上車了，滾到那三排空著的地方，司機先生再和顏悅色的用帶子把輪椅勾住，讓公車在行駛時輪椅不會滾動，到達坐輪椅的人要下車那站時，司機先生又像他上車時一樣的替他服務，坐輪椅者好像皇太后似的，好有威風和尊嚴。

夏威夷的玻里尼西亞文化中心是聞名世界的；夏威夷大學是名列全美高等教育前茅的學府。兩者都是極具參觀價值的景點，不容錯過，可惜我因體力不支，祇跟老師去參觀了夏威夷大學。

到第三天黃昏，團體行動告一段落，此時已是條條街道都是火炬了，我沒去了解夏威夷街上火炬的來由，祇急著想去看威基基海灘。我對女兒說，既然已經來到夏威夷，就應該去看看威基基海灘，因為這也是世界聞名的。一打聽，原來威基基海灘就在我們旅館的隔街之遙，而且說晚上也很亮，一樣可以去玩。我們買了兩盒晚餐及飲料帶去海灘，預備享受難能可貴的「威基基海灘晚餐」。

從頂尖熱鬧的大街穿過短短的小巷，威基基海灘已呈現在眼前了。

威基基海灘和別的海灘不一樣，別的海灘都在郊區野外，它是在市區，而且它也和大街一樣的熱鬧滾滾。烏黑的夜幕上亮著閃爍的星星，海水黑如墨，但沿著海邊建築著密密的高級旅館，聳立的屋頂燈火亮如白晝，旅館外海灘邊又都是露天座位，喝咖啡、喝酒、用餐，甚至打牌或聊天，密密的燈光和火炬把夜空和沙灘照得通紅，紅得像火燒，高高綠綠的椰子樹耀著綠色在拂拂夜風中搖曳，戲水人潮絡繹不絕，穿著花花綠綠的泳衣，無視於天色，照樣一躍入海，黑黑的海裡、紅紅的沙灘上都是人，沙灘的那頭傳來熱門音樂，整個沙灘瀰漫著享受、快樂和富有的氣氛，這裡似乎沒有日夜之分，為生活而忙碌在這裡已消失了，只有悠悠閒閒的食客和嘻嘻哈哈的遊客。享受吧，享受吧，這裡是天堂。

我和女兒挑一處人少的沙灘坐下，打開餐盒，我們竟然在天堂裡用餐，人生難得幾回有。

夏威夷，是滿有看頭的。

老淡水新風貌

原本我不太喜歡淡水，因為淡水多雨。

但自從淡水線的捷運造好後，為了享受捷運車箱的乾淨漂亮、行車快速、現代化的新奇，及一路的景致，所以常常坐捷運去淡水。

淡水雖是一個鎮，卻是一處名勝古蹟很多的地方。列如一六四一年荷蘭人重建的紅毛城；一七九六年建造的福佑宮，即現在的媽祖廟，是淡水最古老的寺廟；一八七三年設立的馬偕醫館，據說是全台灣第一間醫院，是非常有價值的古蹟；一九一四年創辦的淡江中學，校園景色優美，又是淡水的勝景，……，再加上近期新建的漁人碼頭，河邊步道等，真是一個觀光資源豐富的古鎮。

到了淡水，我喜歡到處去逛逛，遠的我無法走得到，常常慢慢地步行去的是老街，老街距離捷運站祇不過幾分鐘的路程，但那是另一種不同風貌的盛況。

老街的街面非常狹窄，兩旁很多還是古老的磚造店鋪，真是古味十足，好像回到我祖母的年代；抬頭看看，有不少古董店、藝品店、糕餅店等，也有些現代化的商店；店鋪前又密密的擺滿攤子，賣棉花糖、龍鬚糖、古老的兒童玩具、及現代的炭烤魷魚，冰淇淋、……，炭烤的煙霧嬝嬝瀰漫在空中，嘈雜的人聲喧鬧著整條街，人山人海，擁擠得水泄不通，而生意也熱鬧滾滾。

雖是短短的一條街，卻什麼都有，吃的、用的、看的、玩的琳瑯滿目，使人目不暇給。我從街頭擠進去，好不容易擠到街尾，總也要買些淡水土產帶回家吧，表示我今天去過淡水了，買魚酥、魚丸，還是鐵蛋、阿給，或是……？不，我還是鍾意那一家老字號糕餅鋪的麻餅，又酥又香，淡淡的甜味，圓圓大大的就像淡水的落日，給我無限的誘惑。

從老街出來，面對著海闊天空的捷運公園，雙腳自然走向那邊去。

捷運公園前有許多街頭藝人，人像速寫、樂器演奏、人影剪紙、手工藝術、……，若要細細欣賞，那時間就不夠用了。公園廣場旁還有露天咖啡座，我都無心於此，我喜歡坐在靠近河邊的廣場上，看山看水，看渡輪看日落，那真是氣象萬千，變化多端。

捷運公園裡滿滿的遊客，我挑一張空椅坐下，靜下心來好好看一看河山之美吧，但遊客的各種形態先吸引了我，親子群在那裡做遊戲，媽媽逗著孩子，孩子追逐著媽媽；銀髮族聚在一起散心，聊天聊得舒暢無比；朋友們三三兩兩的邊走邊談，甚至邊吃；最引人注目的是情侶們，每一對都佔據了一張椅子，旁若無人地在那裡親啊吻啊抱啊，糾纏在一起，久久不分開；啊！我真是一驚，社會風氣什麼時候變成這樣了！今天我總算也見識了一課。

河上的渡輪一艘來，一艘去，船頭衝開河水，兩邊濺起水花，渡輪帶走了遊客，留下美麗的畫面，讓人遐思幻想。而對岸的觀音山又似真似幻，也因她，給淡水添加了美麗和傳說。

淡水河的落日是有名的景色之一。如果想看落日就要坐到晚一點，無垠大的穹蒼從滿天懾人的晚霞，變化成紅色中染著灰色，漸漸地灰色上面又罩上黑色，終至紅色剩下淺淺的一線，穹蒼中濃厚瑰麗的暮色，河流上黑黝黝的水面泛著閃閃銀光，幕天席地之間一幅令人驚魂的色彩，而且瞬息萬變，真是歎為觀止。

此時，太陽像一個大紅燈籠漸漸地落下，落下，落下，你的眼睛不能閃動喔，它很快地最後一跳，躍入水中就不見了，美麗而詭異的大自然景色啊，叫人折服。

我原為享受坐捷運而來的，想不到竟愛上了淡水。

天黑了，我滿懷歡愉走回捷運站。

夕陽蒼山下

「來，我陪你去兜風。」

那是多麼愉快的心情！只因「兜風」是我最喜愛的玩樂。

車子駛出巷口，右轉就上了松江路，初秋的氣候已沒有那份灼熱，但陽光仍是相當亮麗，路上光線也燦爛，微風呼呼地吹進車窗，感覺到那麼舒適，真是兜風的好季節。車子緩慢地行駛，景色一路向後退去，悠悠的心隨著眼睛前行，經過寬闊通暢的濱海路高架橋，古典壯麗的圓山飯店在遠處掠過，大鵬鳥一樣的飛機正在半空中要降落，接著，古色古香的雙溪公園，宮殿般的故宮博物院都在後面了。

過了衛理女中，就慢慢地進入山區，道路逐漸蜿蜒而上，一邊是青山蒼翠，一邊是山谷卵石遍布。近年來，山上層次地建築了很多漂亮的別墅，以及中央公教住宅，因而，外雙溪的山，就沒有那麼的「野」了，反而，變成了環境美麗的高級住宅社區，每次郊遊到那裡，總會產生一分仰慕和欣羡之心。

我們在社區六區的盡頭停下車來，跨出車門，啊！只見煙嵐瀰漫，一幅青色山脈橫在眼前，好美麗的風景！夕陽、青山、河流、住家、都在我們腳下，這究竟是人間？還是天上？

夕陽低低地掛在西邊，已經收斂了燄光，卻仍紅得像個火球，倒映在西邊的河帶裏，微微地紅波瀲灩，霞光四射，擴散在雲霧中，把西邊染成了一片紅渾；對面青山上，高高低低的住家，外觀清新漂亮，一棟棟座落在綠茵中，好幸福的山莊人家！東邊群山翠疊，山嵐圍繞，綠、灰綠、墨綠、墨色，潑墨似的山峰在矇矓中漸次遠去，不見在雲霄中，雲深，霧重，測不透宇宙幻景，讓人落在沉思裏。

一陣山風吹來，涼颼颼地，不禁打了一個寒噤，身子晃了一晃。高空一抹淡灰色、深灰色的雲朵亭亭地浮著，無涯的天際鑲著一道紅霞，漸遠漸大，落入不知處，穹蒼無窮的浩瀚，大自然無盡的奧秘，而我們渺小的人，在世間總是不停鑽求，你爭我奪，其實，到底能爭到了些什麼呢？

相信住在這山上的人們，一定性情比較和善而名利看得淡泊；唯有親近大自然的人，才有這樣的胸懷。

暮色蒼茫，該回去了吧，天際，已升起一鉤明月，一顆大星星在旁邊微笑著，是那麼的靜，那麼的閒。

旅美隨筆

每年隨女兒出國一次，到不同的國家，今年去的是美國。

窩居井底之蛙的我，當能跳出井口，看到外面的世界好大，好多和台灣不一樣的新鮮事情，雖然常出國的人早已不稀罕，但在我覺得好新奇，回國來總滔滔不絕地敘述給家人聽。

這次去美國坐的是美國聯合航空公司的飛機，回程時順道停留夏威夷，觀光三天，所以一共坐了七個航次的飛機，且都是同一家公司的，我發現最大的不同是：機上的服務人員有黑人、白人、黃人、有年輕人、也有中年人，甚至有一班航次上有一位五十五歲左右的白人婦女還在服務，不像我們的華航等飛機，機上全是清一色的年輕女性，和少數幾位年輕男士，相較之下，美國地區的人民工作機會應該多很多了。到了美國，看到開公車的及遊覽車的司機也很多是中年女性，而商店裡的售貨員有很多是中年男士；看來美國的工作機會較均等。

尤其是黑人，非但工作機會均等，地位和白人相等，而人權和尊嚴一樣得到重視。這一次在美國我們住宿在威斯康辛大學的宿舍，有一天早晨我下樓，在大廳看見黑白兩位女士熱情而忘懷地擁抱，沒有膚色的隔閡；在學校裡或是會議中心，常常看見三、五位黑、白膚色的老師或同學，坐下來一起討論問題，看他們是如此的專心和融洽，已經沒有膚色的區別。

還有讓我驚奇的是，美國的抽水馬桶很多已經是自動沖水的了。剛到達威斯康辛大學的宿舍，我用了馬桶後還未整理好衣服，忽然聽到馬桶已在沖水了，我覺得很奇怪，難道有人幫我沖的嗎，可是這裡明明只有我一個人呀，後來多用幾次，才知道這種馬桶是會自動沖水的；公共場所的馬桶也很多是自動沖水的。還有擦手紙也會自動下來，只要用手在距離紙箱外一、兩公分處晃動一下，紙就自動下來了。我心裡在感嘆，怎能不承認美國是個先進國家？

美國的物價很貴，在校區吃一客（兩球）冰淇淋要美金兩元，在觀光區一個霜淇淋要美金三元；威斯康辛地區的公車票每張是一元五角，在夏威夷是兩元，等於我們台灣的三到四倍，但每張車票在不超過一小時可以再坐一次；計程車是不跳表的，到了目的地由司機開價，一樣的路程每次的價錢也不一定相同，有時候還帶了其他的乘客來共坐，價錢也不見得減少，我們的七十元起跳價在美國大概要一百二十元；有一次到阿富汗餐廳吃午餐，一湯一菜兩個麵包價格是十二元，既無前菜也無甜點，主菜是粗糙的咖哩洋芋煮魚，味道不很鮮美，大概外國人不懂得用味精吧！在夏威夷吃早點，一客火腿蛋加一杯果汁，要美金九元多，還要另外加稅；只有中國餐廳較便宜，一盤燴飯，一盅湯是七元多，另加稅金，從此可以想見中國人在海外必須刻苦勤儉求生活，真辛苦。

這次出國是一個六個人的小團體，四位老師和兩位家屬，四位老師是去威斯康辛大學發表論文，所以她們的目的地祇是那個學校，在美國本土沒預定去別的地方玩。雖然只去一個學校，可是停留了六天卻連一個學校都無法全部看完，祇因那個學校太大了。

威斯康辛大學麥迪遜校區創立於一八四八年，位於威斯康辛州麥迪遜市，距離芝加哥機場車程兩小時，校園佔地一〇五〇英畝，校舍環繞著幽美的夢都達湖建築，校園景色如詩如畫。

校內有專屬的農場及植物園，還有原子爐、電子顯微鏡及各種博物館、四十四個圖書館、七十個電腦教室等等設備；是一所學術地位崇高，學風自由、重視博雅教育，學術聲望均高標準的大學。

該校的足球非常著名，還有雨多、雪多、功課多之說，想來在該校就讀的學生不會很輕鬆吧。

住宿威大宿舍是供給早餐的，西式的自助餐豐富而美好，和五星級觀光飯店的相差無幾，我們享受了一個星期愉快的早晨。

在老師們發表論文結束後，我們第一優先想做的事，就是去逛校園。校園內處處花木扶疏，穿過青翠的樹林和嬌豔的花草，經過校鐘，也看到了學校的行政中心，那棟建築怪怪的紅房子，我們來到了湖邊，一到湖邊就坐下來不想走了；純淨的藍天，如雪的白雲悠悠閒閒地飄浮著；湖水皺起綠綠的波浪，白帆片片，不知名的鳥兒飛到湖邊，飛到柱子上，吱喳高鳴，湖堤上布置著顏色鮮豔的鐵花椅和小圓桌，七月的氣候還要披一件外套，真是涼爽宜人：我們坐在湖邊欣賞著，享受著異國校園的風景、新鮮空氣和舒適的氣溫，不想離開。

後來我們坐了免費校車，也只兜了校園的一部分，看到建築林立，校園美麗幽雅又自然，有很多休閒設施，讓學生隨時隨地都有讀書休閒的舒適地方，校園是靜悄悄的好像人很少，其實，他們的建築物內熱鬧滾滾，另有一番天地呢！

我很喜歡威斯康辛大學，環境好，校園漂亮，學術聲望的水準高，師生都是溫文爾雅，真是個讀書的好地方，假如能常住在那裡，耳濡目染，日久總會讓自己變得更有氣質，可惜旅程的安排，無可奈何，第二天一早我們就向它道別，趕赴機場了。

富士山的故事

每當看到任何商標上印有富士山圖案的東西，我們就會說：「這是日本貨。」大家都覺得富士山即代表日本，因為只有日本境內才有這樣一座特殊的山。

富士山是日本最高的山，約三千七百公尺，位於東京的西南方，圓錐的山形非常別致。山頂終年積雪，火山口又常噴岩漿，因之山上草木不生，四周又無住家，光禿禿的黃土山上有少許青苔，周圍清潔溜溜一無遮掩物，行至稍近，一座完整的山就呈現在眼前了，可以看得清清楚楚，白的山頂，青黃色的山體，大大圓圓的底座，均勻緩慢的斜度，渾圓的錐形，看起來是很特別，但沒有山的峻險，或怎樣地雄偉，倒只有娟秀、美麗和神秘之感，我想，這也就是富士山了。

到日本，大家都嚮往去觀賞富士山，現在我有一個富士山的故事，和富士山一樣的美麗，說來和大家分享。

據說富士山的原名是「不死山」。

在很早以前，有一對夫婦住在富士山下，有一天，先生出去散步，走了一陣子，看到有一棵樹在閃閃發光，他覺得很好奇，就把那棵樹砍了，不料從砍斷的樹裡走出一個小女孩來，模樣兒特別小，但長得美麗可愛，那對夫婦沒有兒女，所以先生就把小女孩帶回家，夫婦倆非常喜愛地把她扶養長大。

十多年以後，小女孩長大了，亭亭玉立，美麗非凡，所有見過她的男士都想娶她，後來這事傳到天皇那裡，天皇也要娶她，天皇就命人把富士山周圍圍起來，不讓小女孩出來，也不讓別人進去，以免小女孩被人娶走。正在此時，小女孩說，她是因在天上犯了錯，被處罰到凡間來修行的，現在時間已到，她要回天上去了。小女孩託侍衛帶一瓶吃了不會老的仙水給天皇，自已就升天了。

當天皇拿到仙水的時候，很傷心地說，小女孩已經回天了，我吃仙水有什麼用呢！天皇就差人去把仙水送還給小女孩。那被差之人想，富士山最高，離天最近，他就爬上富士山頂，把瓶子往上一拋，正好那瓶仙水就落在富士山頂，所以大家就叫它為「不死山」。後來因為覺得不雅，才改為「富士山」。

花木有情

馬纓丹

多年前，和一位文友一起去探望另一位文友大姊，這位大姊住在天母，她的屋外綠樹環繞，家裡陽台上擺滿了花盆，一陽台的紅花綠葉，生意盎然，經陽光一照，把客廳也染綠了。這位大姊是愛花成痴的，非但養肥了花木，還準備了鳥食引鳥兒來陪伴花木，所以她的客廳長窗外，好像一個小花園，風光無限。

大姊準備了滿桌佳餚，招待我們午餐。餐後，她帶我們去買花，讓我們分享她的愛好。

三個人興趣盎然地出發，到石牌附近的花圃，那裡盆花琳瑯滿目，美不勝收，我看來看去，決定選擇馬纓丹。大姊有一點驚訝，馬纓丹既沒有玫瑰的嬌艷，也沒有蘭花的高雅，更沒有牡丹的富貴，千里迢迢，居然買一盆馬纓丹回去。

我沒被動搖，仍提著帶盆的馬纓丹回家。花盆加泥土，又是千里迢迢，一路行來，好像千斤重呢。

馬纓丹是一種小草花，每一朵花由幾十個細小喇叭狀的小花集合而成，顏色倒是很多，可是它名不見經傳，似乎也不登大雅之堂，有人把它當籬笆樹，這好像已是馬纓丹最榮譽的功用了。

我沒有綠姆指，辛苦捧回去的馬纓丹過不了多久就離我而去了，這也沒什麼稀奇，我歷來所買進來的花都是這樣下場的。

約半個月前，我去植物園拍攝荷花，一進大門，左邊一方花圃盛開著一片小紅花，那個紅是比玫瑰更鮮一點的紅，紅花綠葉，在太陽的照射之下，亮麗透了，漂亮極了，我走前一看，啊，不得了，是馬纓丹哪！

原來，草花只要給它土地，給它陽光雨露，它自會有美好的局面，會有它的天地，我們，豈可小看草花。

桂花

原本我不太喜歡桂花，不喜歡它的樹相，後來它的香味吸引了我，濃濃的甜味，非常迷人。

對桂花的第一印象是住在新竹的公家宿舍時，那裡有個小院子，院子是用七里香做籬笆，院內種有香蕉樹、桂花樹、木瓜樹、扶桑花等等。那時候我不太留意這些花花草草，直到有一年家裡有些不如意事發生，公公和婆婆對我們說，難怪今年的桂花樹開得不好，這個說法我雖然不信，但自此對桂花開始注意起來。

後來搬到台北住公寓房子，住在樓上就不種花了，每次經過一樓人家，當他們種的桂樹開花時，那股甜香總吸引住我，不由得停下腳步深深地吸幾口。

有一年到上海去探親，親戚請我到大觀園去玩，園裡開的桂花使我大開眼界。那大掛大掛的花串，好像一掛一掛的葡萄，也像是倒掛著的麥穗，蠟黃的顏色，撲鼻的香味，使我嘖嘖稱奇。

木棉樹

我和木棉樹很有緣，剛入社會工作，上班的工廠大門口就有兩棵木棉樹，那直直的樹幹，翠綠的葉子，金黃的花盞，都替環境增色不少。後來搬來台北，住家附近的路樹正是木棉，木棉就一直伴我至今。

木棉樹的樹形像寶塔一樣，它很有季節性，夏天的時候一樹翠綠，好像一把大傘，看見了心裡就陰涼起來；秋天，葉子漸漸轉黃，唱起黃葉舞秋風的歌，窸窸窣窣落了一地；冬天葉子盡落，墨黑禿禿的樹幹有如站崗衛兵；直至春天才展現燦爛，在一夜之間打造一樹金黃。

新黃的震撼

幾天前一個晚上，我從街上回來，車子進入忠孝東路三段，燈光閃爍的夜景中，看到車窗外綠島上站著一排衛兵似的，高高黑黑整齊地一長隊排列著，探首仔細一看，原來是禿枝的木棉樹。

隔天，我因事出去，赫然發現炭色的木棉樹中，有兩棵枝椏間已著上了鮮麗的黃色、金紅色的花朵，啊，一夜間，春風已吹上了樹梢，春天的腳步是這麼快啊！

新綠、嫩綠，是春天的跫音，那麼新黃、金紅，是春姑娘來了。

我一次又一次地出去，木棉樹上的金花一次比一次開得茂盛、濃艷、香甜，瑰麗得讓人陶醉，而痴情地忘了回家。

記得去年，木棉花樹也在濃春裡盛開，在春陽下輝煌成一片金紅，整條馬路閃耀得好像貼上了金子，輝麗喧鬧的一條春街！後來果熟花落，枝椏上馬上生出新葉來，不停的生，不斷的長，沒多久，就層層疊疊，綠葉扶疏，搖曳生姿地一樹了，那時正值初夏，看來好舒服。

木棉花樹一季有一季的形態，而每種形態有每種形態的美，冬天的禿枝，有藝術的美；春天開花，是燦爛絢麗的美，夏秋天的翠葉，卻又清新柔和而飄逸；啊！木棉花樹啊！

看哪！那新黃，那金紅的黃，又是一個歲次的起始，又是一季的成果，多豐美。

柳與荷

楊柳

楊柳是我喜愛的樹木。我愛它的青翠，飄逸，柔美，雅致，……

有一首歌，其中有一段歌詞「……細嫩的垂柳，三三五五，搖搖擺擺，弄春風，……」多優雅而美麗的風景！

十多年來，我赴大陸各地看到各種容貌的柳樹，對柳樹有了更多的認識。

第一眼看到的是北京北海公園的柳樹，傍著河邊，一字型長長地排開，每棵樹都是濃濃的綠葉，厚厚地，長長地垂到將近地面，在遊客身上飄來拂去，那真是壯觀，遊客們爭相拍照；我走到稍遠去觀賞，那高大雄壯的老柳樹，好像一個個垂著大把長鬍鬚的老公公站立在那裡。

看得最多次的是西湖的柳樹。西湖的柳樹當然是家喻戶曉的，桃紅柳綠，想像中是多少艷麗啊，可惜我每次去都在秋天，當然桃樹的紅花早已凋零，連柳樹也不頂青翠茂盛，西湖邊的柳樹個子不大不小，長得也不頂挺立，在我看來沒什麼特色，也許是時令的關係，也許是想像得太好，讓我失望了。

後來去賞了揚州的柳樹。到揚州，第一站是遊覽瘦西湖，一到瘦西湖邊，那艷麗的景致就把我愣住了。杭州的西湖是圓形的，瘦西湖是長形的，難怪它叫「瘦」西湖，瘦西湖的景色比西湖更嬌豔而秀麗，尤其是湖邊的柳樹，是那麼的嬌小、細嫩、青翠、嫵媚，好似才成長的少女。我獨個兒在湖邊徘徊良久。

看見大陸這麼多柳樹，我常遺憾台灣太少柳樹了，後來大安森林公園建成後，發現公園外圍倒種有很多柳樹，我非常欣喜，幾年來，當坐公車經過園外時，不忘留意柳樹的生長情況，但總不見它有蓬勃青翠的起色，黃黃萎萎的帶有病態，也就看不到柳樹特有的風姿了。我一再思索，想起大陸的柳樹都種在湖邊或河邊，而大安森林公園的外圍沒有水，是環境影響了它嗎？還是……？

有時候，不論人、事、物，都會因外在條件的不足，而讓原有的才華都埋沒了。

荷花

今夏，我兩次去植物園，想為我的攝影網站添些荷花。

第一次去時池中荷葉初長，矮小青嫩，幼嫩的花苞才亭亭玉立，間或有三三兩兩的荷花綻艷，有萬綠叢中一點紅的嬌美，一池嫩綠從歷史博物館迤邐到對面白花架長廊，猶似浩瀚荷海，相當壯觀。

第二次去時池中已荷葉田田，荷花灼灼，池邊都是人潮；坐著寫生的，蹲著或站著攝影的，以及觀賞的，擠得滿滿的。

一路經過花廊，經過亭子，繞過來，再到歷史博物館，看到有一堆人，在池邊掠攝一朵荷花。我也擠進人堆，啊！確是一朵生氣蓬勃、正是盛開的漂亮荷花，趕快舉起相機喀嚓一聲，相機還未收下，忽見一片花瓣飄落下來，跌在荷葉上，剎那間，驚得我愣住了，生命變化的過程是如此快速啊！

生長在周圍的花木，我總是很隨喜的看待他們，而一些自然的景況，會給我很多人生的啟示，讓我悸動地體悟和警覺。

山郊秋色

我終於起了個大早，在家人還沉在夢鄉時，溜出了門，一賞那山郊秋色。

早晨的街道空曠清靜，坐了兩張票的車到達山下。

今天天氣真好，沒有強勁的秋風，也沒有淒淒的秋雨，溫暖的秋陽灑了一山道，兩邊的綠樹都籠罩在金沙網裡，閃閃發光。山道緩斜而寬闊，人車並行，一路上不斷有登山者，沿著路邊慢慢地走，就不覺得累。

經過一座廟，山勢漸高，山道漸窄，當我行至高高的小山徑上，回頭一看，嘿，好一幅秋山晨畫！遠處黑黑的山峰層巒疊嶂，層次分明，清煙色的山嵐徜徉在山谷，浮盪自若，藍天清澈，白雲悠悠，近處綠樹茂密，山徑旁淡朱色的蘆葦簇簇聳立，多美的秋景啊！正如李白的詩句「江城如畫裡，山曉望晴空。」

晨風輕微，柔柔地拂在臉上，目光凝視著那煙嵐，我陶醉在秋山的晨景裡。前面來了兩個登山回家的婦女，驚醒了我；其中一位隨手拔起兩枝蘆葦，「這紅色的更好看。」她向另一位婦女說，一面把拔下的蘆葦合併在她手中另一束黃色蘆葦中，原來她要把「秋」帶回家去欣賞，多雅的人哪！

放下那幅秋畫，我繼續前進，走過一段黃泥山路，來到綠樹為拱的石階小徑。站在小徑下向上仰望，好像是一條綠色透明隧道，道口似乎與青雲銜接，踏步在濃綠的小山徑上，美麗中竟覺得缺少了些什麼，可是又說不出來。

鑽出濃綠的山徑，上面橫著一條平坦寬闊的柏油山路，因此，車水馬龍，喇叭聲不勝擾人。好在不遠，另有一條美麗的紅色石階山路，那就寧靜美麗多了。闊闊的石階，洗石子的梯面，配上紅磚邊，看來整潔、壯麗而古意盎然，梯邊滿開著小黃菊花，觀葉植物，長得鮮麗而肥壯，隨著微風，招展迎人；漸行漸高，又迎面撲來陣陣甜香，我掀動鼻子嗅呀嗅的，是金桂的香味哪！

走至半途，已經很累了，我坐在石凳上休息，一面瀏覽四周的景色，看看石梯兩旁更有高大的樹木，因寶島氣候四季溫暖，綠葉仍茂密得可以蔽天，西面那座高山也滿是綠色，頂著淡淡的秋雲，看著看著，仍然覺得少了些什麼，是少了些什麼？喔，對了，是紅楓啊！我瞇起了眼睛，想起那一幅迷人的景色。

「遠上寒山石徑斜，白雲深處有人家，停車坐看楓林晚，霜葉紅於二月花。」唸著唸著，心裡不禁悵望。想起我的故鄉，想起我的家人，……我何時回故鄉定居？

我被斬了一刀

回上海去，回我的家去，家人安排我住宿在淮海路（以前的霞飛路）上的一個招待所。

上海總是上海，上海人總是上海人，兩者都有其特色。

在我小時候，上海是熱鬧繁華得稱為「十里洋場」的地方，但貧富懸殊，在照不到燈光的黑暗角落裡有躲著快要餓死的乞丐；也有很多人穿得西裝畢挺，珠光寶氣，但居家環境可能只是一個亭子間而已；上海人都很聰明精幹，有時候卻也在做洋盤……。

上海是個寸土寸金的地方，一般人住的屋子並不寬敞，回家探親住旅館不足為奇。

這個招待所地處幽靜，前面還有院子可停車，旅客單純，房間裝潢雖簡樸，但衛浴設備很清潔，也有空調，窗外又有綠樹，條件還算不錯。

淮海路原是高級地區，現在更是熱鬧，行人衣著之講究，永遠是全上海最漂亮的。沒有遊程的時候，我和外子就近在淮海路上逛逛。看到西來的麥當勞速食店熱鬧地佔著一席之地；香港來的佐丹奴在這裡布置得很有氣派，價目標得比台灣還高；還有屈臣氏，貨色琳琅滿目；更使我驚奇的，看到很多窗口都裝分離式冷氣機，我不禁輕輕地對自己說：唉，上海總是上海。

逛了兩段街，看到有一家南北貨店門口擁著一堆人，人人手握保麗龍碗，低著頭在吃東西。大人小孩個個都吃得津津有味，走近去一看，呀！原來是台灣的貢丸湯。

他們的確非常喜歡台灣的東西。我看到上海的瓜子包裝袋上印著「台灣瓜子」，其實台灣的瓜子都是從大陸去的；瓶裝醬瓜大陸牌子賣三元一大瓶，有一種印著「老蔡」商標的說是台灣牌子，小小的一瓶要買五元，我想來想去台灣沒有這個牌子。

將近五十年的分離，父母早已離世，弟妹都上班，老家白天沒人，因此我常在晚上回去，回去吃晚飯。弟妹和弟媳都很客氣，每次做很多菜，甲魚、鰻魚、大閘蟹等輪流著做，有一次菜已滿桌，大弟媳還在廚房忙，我跑去廚房，正好她端著一盤圓圓黃黃的食物出來，看見我就說：「姊姊，這是新產品，你吃吃看，要十塊錢一個呢。」

我一看發呆了，這不是人造干貝嗎？我們在台灣已吃厭了，他們卻花高價去買，真是洋盤。

「你們快嘗嘗，我在台灣已吃了多年。」我把人造干貝夾到姪女碗裡。回去，住在老家的大弟和二妹總會告訴我些事情。

「二弟和七妹家都裝了電話。」大弟說。

「哦！那方便多了。」

「七妹買一個電話機花一千元。」

「哪要這麼貴，比台灣貴多了。」

「她的電話機和一般的有些不同，可以拿來拿去聽的。」

「喔！那是無線電話，那價錢就差不多了。」

我想，他們真奢侈。我家用電話已幾十年，卻未用過無線電話，他們一開始就用無線電話，七妹真捨得。

十月一日到上海，七日早晨三弟陪我們去蘇州大妹家。去蘇州時我告訴招待所櫃檯小姐：「十五日回來還要來住，兩隻箱子寄放在這裡可以嗎？」

「寄箱子可以，但十五日不一定有空房。」那小姐回答。記得以前在香港住青年會，在上海住東亞飯店，寄放箱子都沒要收費，所以我沒問她是否要寄箱費，她也沒說要收費。

大妹住在離蘇州三十公里的鄉下洞庭山，那裡夜間對外交通中斷，家裡沒有自來水，該地原來盛產橘子，居民都以此為生，近年來因品種沒有研究改進，再加風雨不調，樹上的橘子越長越小，賣不起價錢，大妹一年的收入，等於上海高薪的三弟一個月的收入，生活自然辛苦，和台灣住洋房坐汽車的果農是不能比了。

十五日回到上海，打電話去招待所，服務台說十五日沒有空房，要十六日才有。電話中我沒有說定十六日要下房間，接話小姐也沒說十六日要替我留房間，這樣就掛了電話。

我借住在朋友家。十六日晚上又打電話去招待所，告訴接話小姐：「我十七日去杭州，再去桂林，要二十七日再回上海，兩隻箱子放這麼久可以嗎？」

接話小姐很客氣地說：「沒關係，你付點小費好了。」她沒有言及其他。

「可以，可以。」我一口答應。

去杭州我坐的是雙層火車。據說雙層火車當地人不易買到票，至少我坐的這節車廂是要有外賓證件才可以買，中途還有查票員來檢查車票及外賓證件。買外賓票的候車室和進站通道都和普通票分開。情況有天壤之別，好像兩個世界，我很不習慣。

但外賓票價格之高達普通票的六倍，當外子買票回來告訴我，我不禁咋舌。雙層火車是烏絨沙發，鋪白桌巾桌子的軟座。旅客大多是華僑、台胞、洋人、或是陪外賓客的當地人，但奇怪，坐在我對座的旅客看起來是兩位當地商人，這兩位商人很健談，不一刻我們就熟了，於是我問他們是怎樣買這車票的。他們說：「我們想辦法向朋友借證件來買的。」

他們好闊氣！我心中在驚嘆。

其實這還不算什麼，一張車票四十九元，可以享受三小時，還可享受特權，做一等紳士；我在杭州樓外樓吃飯，和外子兩人吃得好好的，只花七十二元，隔鄰一桌一對夫婦帶一個幼童，看上去是當地人，吃了一百七十二元，桌上幾大盤菜剩下大半；據說上海的女店員每月薪水五百元，卻捨得花五百元買一雙休閒鞋。我只有傻眼。

在杭州還看到了另一幕。平湖秋月旁的草地上，有三個男孩童，約六到十歲左右，穿得一身破爛又骯髒，但自得其樂地吸著香煙在地上打滾，看到人一點也不迴避，把吸煙視為像拍皮球一樣的自然。我思索良久，也想不出什麼。

去桂林玩是跟團去的，一切有人打點，自己不用操心。一個團體四十五個人，兩天相處下來就熟了，像朋友一樣。不管哪裡的人，出去玩總會引起購買慾，而風景區和飯店四周，總有琳琅滿目的紀念品，以及玉器、桌巾、絲巾等，特別引起婦女們的喜愛。

第一天玩過象鼻山和伏波山後，就去午餐。餐廳旁的大廳裡擺著很多玉器，我瞄了一眼就上遊覽車。

約一刻鐘後，一位當地女士買了玉鐲上車來，只聽得她興沖沖地說：「我把他殺得血淋淋的。」

「多少錢買的？」大家走前去七嘴八舌，又伸手去摸。「定價一萬八千元，他說這是外賓價，對折賣給我，我一殺再殺，結果一千五百元買的。」那位女士講得洋洋得意。

後座傳來小小的聲音：「不要是反被斬的！」

我初到上海，二妹就叮嚀我「姊姊，你在這裡買東西要小心，一不注意就被人家斬。」

上海人稱敲竹槓為「斬」，還價還多了叫「殺」。我乍去初聽很不習慣，警覺性也不高。

廿七日從桂林回來，招待所又說沒有房間，我在朋友家再住了兩天。朋友家遠在寶山，進出很花時間，三十一日我已要搭機回台灣，弟妹和外甥們要和我餞別送行，怎麼方便？

外甥在市區替我另找了旅館，廿九日早晨派車子來接我們離開寶山。隨車來了兩位先生，一位是外甥服務單位的汽車大隊隊長，一位是司機先生，兩位先生的衣著可稱得上講究，上好質地的整套西裝，做得合身，燙得筆挺，兩人一落海派又彬彬有禮。外子說：「好像他們是客人，我們兩個台胞哪裡能和他們比。」

車子先到原來的招待所取兩隻箱子。一到櫃檯，我馬上伸過去兩張拾元人民幣：「我來取箱子，這個，謝謝你們替我照顧。」

豈料，那位櫃檯小姐陰森著臉，冷冷地說：「箱子要付保管費，每隻箱子一天兩元，兩隻四元一天，共二十二天。」好奇怪！事前她們沒說要保管費，中間通過電話也沒說要收費，我還沒來得及提抗議，她又說了：

「你還要付一天房間費，十六日替你留了一天，你沒來。」

「我要十五、六兩天，你十五日沒空房，所以十六日我不能來用，何況我也沒有向你確定過。」

「我告訴你十六日有空房，你不來要通知我。」

「我十六日晚上還打電話來談箱子事，你們也沒說替我留了房間。」

「不用說，替你留了你就該付費。」

我再想理論，被外子擋住了「沒關係，你算算看，一共要多少錢，我們照付。」外子搶著說。

我含著一股怨氣取了箱子回來。

事後外子對我說：這種事情當時沒有錄音，事後怎麼爭得清，你看她這麼兇，你爭得過她嗎？箱子又在她手裡，再說，不要在兩個西裝筆挺的人士面前損了自己的形象。」

外子說的話我沒有加以研究，不過，我真的爭不過這位櫃檯小姐。想不到我這個上海人被上海人斬了一刀。

花和老人

從美國回來後，腦海裡一直印象鮮明、久久不退的，是美國住家院子裡的花。

在美國時，清早常常一個人出去散步。有一天走到居所另一頭的巷口，看到遠遠的斜對面一大片淺色紫花，好像無數的花束長長地垂掛著，我驚喜地走近去，原來是人家院子裡樹上開的花，好茂盛，好美麗，猶如一座花丘，可以和我們台灣花季時的陽明山媲美呢！

除了花樹，還有果子樹。我去的季節剛好櫻桃成長，有些院子大的人家，矮矮的櫻桃樹上結滿了櫻桃，那種剔透的紅，那種小小的圓，琳瑯地掛滿在樹葉間，低低地垂在我們頭上，讓我們這些「外國人」幾乎想舉起手來。但是那些屋主好像並不稀奇，他們也不採食。過一段時間再經過，看見樹上櫻桃已稀少，而下面青草地上卻鋪滿了紅點。

實際上美國住家的院子一定有種的，還是「花」。

不是說美國人的生活忙碌而緊張嗎？卻不知美國的主婦們哪來那麼多時間，把庭院修飾得好美好美，把花木栽培得欣欣向榮，讓人駐足、徘徊。美國人的住家都有個院子，只是大小的區別，還有一個特色，就是院門到屋門的通道兩旁，都刻意地種著花，其實不如說「開著花」更來得貼切。

美國人家的院子都沒有圍牆，最多祇是種植一排矮矮的樹木。那些大而修裁得好的院子，看上去一片濃綠，綠的樹牆，綠的草坪，綠的庭院樹，那些綠，綠得發亮，濃得似乎會滴出汁來，看過後，眼睛好像洗過一樣的清亮。而通道兩旁兩個花圃裡必定綻開著彩色或一色的花朵，繽紛的彩色固然艷麗，絨絨的一色更顯得茂盛，一院濃綠中嵌著兩塊彩色，漂亮極了。看著、看著，我常以為是一幅畫。

普通一些的人家，院子比較小，庭院樹也少，有些甚至沒有，但草坪仍是綠綠的，花圃裡的花也一定盛開著；長方形的花圃設在中間，兩旁是通道，門柱上裝著古老的門燈，院子雖小，卻透著精緻玲瓏。最差的人家呢，儘管庭院荒蕪，蔓草萋萋，但至少矮門柱上都還布置著兩盆盛開的花。

總之，在美國任何一家人的大門前，總有花開著，總有顏色讓你看到。

然而，從院子的大小和修飾上，可以讓外人看出：這家人家的貧富和盛衰。

＊　＊　＊　＊

大家都這樣說：「美國是兒童的天堂，老年人的墳墓。」我一直想：這個說法一定有幾分誇張。這次我到了美國，雖未深入了解美國老年人的生活情況，但從表面上，確已看出美國老人的悽涼和寂寞。

美國人的屋子，很多外圍都有個走廊，在屋子的正前面，或兩側都有，寬寬的，走廊裡設置著沙發、小桌、鞦韆等，面對著庭院和街道。原應是家人休閒的好地方，但經常看得見的，祇有老年人長日坐在那裡，也無空閒的家人和他聊天，也許他是獨居，坐在走廊裡至少還可看看花草樹木和街車行人，以解寂寞。

一位八十歲的老太太，老得已不能照顧自已的生活，但是她還是一個人獨居。她有一幢屋子，樓上有四間租給我女兒的四個同學，樓下租掉一間，剩下的她自己用。據同學們說，她的一日三餐和洗衣等，全是鄰居和社會福利機構來替她做的。

這位老太太已衰老得不能出來散步，除了睡覺似外，多餘的時間就坐在走廊裡。每次，我去那些同學家，從屋子側面進去，老太太就盯著我看：一直盯到屋子前面，直到我進大門；我回去，她又一直目送到看不見我，我直覺得她寂寞得厲害！她的面容已變成呆呆的，牽不動絲毫表情。每次看到她和她的室內，我會懷疑：回到幾世紀前去了？

居所巷口斜對面一幢住宅，走廊裡也經常坐著一位老太太。這位老太太年紀較輕，除了肥胖之外，身體還健康，每次，她對我這個「外國人」，總有一幅欣喜欲語的神情，我走過了她的屋子，她又恢復原來的寂寞。

美國人的屋子，有一個彩色的院子，有一個灰色的老人。

懷念情愛

秋風起，菊黃蟹肥

年幼時居住在上海，夏末，常會一夜雨，次晨起來已是一股秋涼襲人，大家趕快穿上夾衣，就是常說的「一雨成秋」。

江南的氣候是四季分明，春暖、夏熱、秋涼、冬冷；而且一季有一季的景色。秋天來臨樹葉就漸漸變黃，黃葉舞起秋風，在空中旋轉，慢慢飄落；桂樹上的桂花這時候開得像葡萄一樣的大串大串，蠟黃蠟黃，好香喔；菊花也開了；紅紅的柿子也上市了；而「大閘蟹」，這個橫行霸道的傢伙，這時候正好長肥，可以讓人解饞大飽口腹。

秋天是大閘蟹上市的季節，在老饕們的心裡，吃大閘蟹是秋季的一件盛事，是必定要吃的。

我還在幼兒時就吃過大閘蟹，那時候我家是個大家庭，三代同堂。吃蟹的那一天好像過節一樣的熱鬧而興奮。下班時，祖父或是父親手裡提著成串的大閘蟹回來，那蟹還會動還會爬，兩個眼睛還在骨溜溜地轉，口在吐泡沫；吃過晚飯，大人才著手洗蟹蒸蟹，一邊蒸蟹一邊切薑，把切細的薑調和糖醋，作吃蟹時的蘸汁。我看大人們吃蟹飲酒要耗很長的時間，看來其樂無窮，而我那時候還不會吃蟹，祇是連殼帶肉嚼一嚼就吐掉，早早下桌了。

父親和姑媽是最愛吃蟹的，他們對蟹也很內行，常說：「九雌十雄」。意思是九月要吃雌蟹，十月要吃雄蟹，因為九月雌蟹肥，十月雄蟹壯，這句話我深深記得。

第二個階段吃蟹，是在母親過世後，父親續絃成家，那時候是小家庭了。秋風起，黃葉飛舞，菊黃蟹肥，父親深愛吃蟹，他不會忘記。可惜繼母不愛此道，父親買了蟹，還是請他最談得來的、吃蟹興趣也相當濃厚的姑媽來一起吃。父親高高的個子，把經常攏在袖管裡的雙手伸出袖籠來弄蟹，端莊白皙的長方臉上揚起兩個酒窩，父親真是興致勃勃，那時他還未滿四十歲，繼母抱著孩子在一旁看著聽著，父親和姑媽聊天。

洗蟹是一門學問，要會刷蟹的毛，要敢用草繩來綁它的腳；吃蟹又是一門學問，先剝下蟹臍，再打開蟹斗，我看父親把糖醋薑汁倒一點在蟹斗裡，蘸著吃，吃完蟹黃或蟹膏，然後把蟹身上的蟹腮拿掉，再吃蟹肉。父親和姑媽是吃蟹的能手，姑媽吃完蟹，還會利用蟹螯做出一隻蝴蝶來，吃完大閘蟹，每個人都要喝一碗紅糖薑湯，趁熱喝下去，因為蟹非常寒性，紅糖薑湯可以去寒暖肚。

剛來台灣時，聽不到大閘蟹這三個字，過了好些年才聽說可到香港去吃大閘蟹，那是屬於有高度興趣、有經濟能力的人的事情。

又過了多少年，台灣才有大閘蟹進口，起初價格相當貴，外子以一千五百元買了兩隻大閘蟹來請我吃，我想這回可以好好大吃一頓了，滿足多少年來的思念。想不到等我開始進行吃蟹的工作時，才發現今天的心情是那麼的孤單，原來吃蟹是要有伴有氣氛的，甚至我的腦海裡還刻印著父親吃蟹的那一幕歡樂情況，才是真正的熱鬧愉快，才是吃蟹的情趣，可是此情此景，何處去追尋？我把兩隻蟹草草解決了。

有一年秋天回鄉探親，父親已不在，我在弟弟妹妹們家裡吃飯，因為正是秋天，他們都煮了大閘蟹，可惜衹有兩指半寬，他們說大的都被收購外銷去了；我想弟弟妹妹們在大好青春時都下鄉去勞改，他們哪有和父親一起吃大閘蟹的經歷？他們哪懂得過去吃大閘蟹的文化？我無心下箸。

現在台灣已大批大批地進口大閘蟹了，價格也隨之下降，其實，大閘蟹真正上市的季節應在秋風起，重陽時；可是這裡中秋還未過，餐廳和觀光飯店已把吃大閘蟹的廣告做得沸沸騰騰，熱熱鬧鬧，好像大閘蟹已是肥得迫不及待等著你來吃了，我想，時間上似乎還早了一點吧。

吃蟹不像吃飯，吃飽就好，那是要花些時間來慢慢品嚐的。假使有閒情又有閒錢的人，吃一次大閘蟹也不失是人生一大樂事，經歷一次我們中國人吃大閘蟹的文化，既是樂趣，也是享受。

任勞任怨的外祖母

在我的生命中，除了父親之外，外祖母是我的第二個重要人物；然而，當我回憶起外祖母的時候，模糊且遙遠得好像已是隔世的事情。

外祖母最早給我的印象是在六歲的時候，那時母親開始病重，外祖母天天送清燉雞湯來，給母親進補，希望母親的病情能有進步，身體好起來。

母親是外祖母三個女兒中最長的。外祖父年輕時就病故，外祖母辛苦把三個女兒教養長大，每一個都是她的寶貝，是她生命的一部份，她多麼期待三個女兒都有個好的歸宿，好讓她安心。如今看到母親患上肺癆絕症（那時代無藥可醫），心情自是無比沉重，情緒也沉悶到極點，一切是那麼的無奈，每天送清燉雞來，只是來看看病中的女兒，來盡一點做母親的心，我想她也知道於事無補吧。印象中我沒有聽到外祖母每天來說過些什麼話，當然更沒有聽到開朗的笑聲，倒是記得我自己看到母親日益衰頽的身體，常常傷心地背了母親和家人躲在陽台上哭泣。

不幸的事情終於來了，母親在一個炎熱的夏末離開我們而去。當然，最傷心的是外祖母，外祖母哭腫了眼睛送別母親，隨即帶著我回到她家，與兩個阿姨生活在一起。

外祖母失去母親是生命中不可忍受的傷痛，豈是肝腸寸斷！她把我帶在身邊是好像從消失的母親身上抓到一些什麼，也好像看到一些母親的影子，她帶著我是好讓在天國的母親放心，也讓她自己放心。她把愛母親的這份心，全部轉移給了我。可憐的外祖母，白髮人送黑髮人的悲哀，豈是我這個童稚的心能體會得到，感受得到！

我是一個膽子很小，又很會黏人的孩子，所以時時跟隨著外祖母，而外祖母呢，到那裡也必定把我帶在身邊。出去做客她帶著我，到那裡必定有點心吃，甜的鹹的吃得高高興興的，然後她們聊天，我就在旁邊玩著；吃喜酒當然帶著我，那時候的喜宴席上有四色水果及點心，都是整只的蘋果、梨子、橘子、包子、糕點等，最後都進了老年人和小孩子的口袋，每次，我和外祖母倆滿載而歸；上街購物也帶著我，我順便會向外祖母要求買這個那個，外祖母總會答應的，我高興得蹦蹦跳跳地回家；不明就裡的人會問外祖母，這是你小女兒嗎？

外祖母天天做美味的三餐給我吃，但很少有魚，她怕魚刺鯁到我，經常給我吃蝦，明蝦燒筍、明蝦燒百頁，或是紅紅的油爆蝦、蝦仁炒青豆、蝦仁炒蛋等等，外祖母還把蝦仁調在麵糊裡，煎成蝦餅給我做下午點心，因此，我這一生不愛吃蝦也難了。

烹飪是一門學問，外祖母做的菜雖不是什麼名菜，可是她的家常菜做得美味可口，人人喜愛，尤其三個女婿都愛吃她的菜。父親每週來看我兩次，每次來外祖母總會燒三、四樣菜，準備一些酒，讓父親小酌一番，父親露出盈盈的笑容，兩頰揚起兩個淺淺的酒渦，父親吃得津津有味，非常高興。父親不愛說話，更不善於招呼人，每次到外祖母家都是直進直出，好像四周無人的樣子，進門不叫外祖母，回去也不說再見。外祖母說：我知道你的脾氣，我不會生你的氣，不過有客人在的時候你要叫我，免得別人說話。但是外祖母管外祖母說，父親還是我行我素，外祖母真的也不生父親的氣。

外祖母是一個熱心的人，性情溫和，又樂於幫人做事，所以她的朋友很多，事情也很多。鄰居們缺蔥缺薑的衹要來敲門，她都樂於供應，即使經常來要，她也和顏悅色；哪個單身漢鄰居回家還沒吃飯，她就請他來一起晚餐，有時加炒一個蛋，吃得和樂融融，飯後，單身漢還會把心事傾吐給外祖母聽，我看到外祖母很關心地側耳聽著，聽罷又很認真地叮嚀他，關心得好像是自己的兒子。

有個遠親外甥，夫婦倆經常吵架，一吵架外甥媳婦就來向外祖母告狀，一把眼淚一把鼻涕地，外祖母總是站在她這一邊，憐惜地安撫她，留她住一晚，燒些好菜讓她好好吃兩餐，然後帶著我送她回去。到他們家裡，外甥媳婦翹著嘴巴不說話，外祖母把外甥大大地教訓一番，囑他以後千萬不可以，外甥是唯唯諾諾猛點頭，給了外祖母和外甥媳婦十足的面子，於是外祖母帶著我高高興興地和他們道別，可是隔不到幾個月，外甥媳婦又來了，好在外祖母倒也樂此不疲。

一位約七十歲的老太太，是外祖母的遠房阿姨（那時外祖母不過五十歲左右），高高的身材，白皙的膚色，非常斯文，因不滿意媳婦對她的照顧，常來外祖母家訴苦，一來，她就躺在外祖母的床上，側著身子一五一十地把她媳婦的不是，統統講給外祖母聽，外祖母家變成是她發洩情緒、尋求安慰的地方，有時候也會住一兩晚才回去，外祖母總是盈盈招待她，勸她；有一次老太太想不開居然投河自殺，幸有人看見救了她起來，當警察問她家住哪裡，她報了外祖母家的地址，不報自己家，她說怕兒子的面子掛不住，於是，外祖母有得一番忙了。

親友們都喜歡和外祖母來往，外祖母善體人意，大小事都肯伸出援手，親友家裡有人生病，會請她去商量作個主。逢年過節親友會早幾天請她去幫忙包湯圓或者蒸糕等等，當然我也一起去，一起吃囉！

還有她的外甥女，每次來都要住上兩、三天，和外祖母親如母女，她每次來，外祖母也會拿出些衣料，請她幫我縫製衣服，她的針線活很好，會裁剪，動作又快，她一面縫衣服，一面和外祖母聊天，等到她回去的時候，我又新添了兩套衣裙，上學去有新衣服穿了。

外祖母自己識字不多，覺得很不方便，深受其苦，所以在艱苦中讓三個女兒都受了教育，母親走後第二年，她急著想到我該入學了。外祖母有個單身女性親戚，小時候沒讀書，長大了信奉天主教，靠自己自修讀書，後來居然能看聖經，替人醫病，她也常來外祖母家，那時她大概四十歲左右的年紀，一身寶藍色衣裙，梳一個髮髻，腳穿黑色皮鞋，提一個方形皮箱（內放聽診器及藥品），看來滿有氣質的。有一次她來，外祖母就拜託她：「替我的外孫女找個學校吧」，就這樣，我在一個很有水準很有規模的天主教小學讀完六年書，現在想起來，真要好好地謝謝這兩位老人家，可是我沒有做到，無法做到，我只能把這份虧欠埋在心底。

兩個阿姨和我都被外祖母照顧得好好的，大阿姨結婚後生胃病，幾個月不能吃東西，回家來調養，外祖母天天準備好豆漿，大阿姨以此為生，終於把病治好了，身體也健康起來。大阿姨長得很漂亮，小阿姨更美，是各個男士追求的對象，小阿姨嫁得很好，外祖母也很滿意，小阿姨生第一個孩子時，外祖母準備了許許多多的嬰兒用品送去，生產時，又替她把月子做得好好的，這一段時候外祖母雖忙但很快樂，可惜，小阿姨生第二個孩子時難產過世了，到此時，外祖母的傷心、外祖母對人生的失望，豈是筆墨能形容得來的呢？天天夜晚，我陪著流淚的外祖母，天這麼黑，燈這麼暗，長夜漫漫！

我隨外祖母生活了很多年，沒看到外祖母發過脾氣，也沒看到外祖母為她自己做些什麼，她穿著簡單，終年一套衣衫長褲、布鞋、髮髻，出客時才穿旗袍。偶而和親友打個小牌，唯一屬於她私人的時間是晚飯後，她有一把小花茶壺，黑底彩花很精緻，每天晚飯後必定泡一壺茶，放在四方紅木小茶几上，外祖母傍著茶几坐，喝起茶來嘶嘶有聲，不喝茶的時候呢，也沒說話，看起來她好像在沉思，或是休息吧。

外祖母一生經濟都不很寬裕，而又勞苦，享受和富裕好像是與她無緣的。其實她出生在一個家世良好的家庭，父親開錢莊，祇因母親早亡，後母的飯就不好吃了，婚後丈夫又年輕病故，這兩個因素是她的致命傷，老年時又正值對日抗戰，這時候大家都在苦，天天半夜起來排隊買戶口米，買油、買糖、買布都受配給限制，怎能有福享呢？

也許是長期的勞苦和憂鬱，外祖母剛剛進入老年就常常生病，我放學回家，外祖母常躺在床上，大阿姨天天回來，幫外祖母請醫生醫治，幫我們做家事，我也在這時候學會煮稀飯；晚飯後，我在一枝蠟燭光下做功課（抗戰時無電燈可點），四周暗暗的，外祖母在床上有時傳出輕輕的聲音，景況好悽涼，現在回想起來，我不禁淚下。

外祖母沒有病很久就過世了，大阿姨和我倆抱頭痛哭。

生活在外祖母身邊的時候，我還小、還不懂事、也沒有經濟能力，等我樣樣有了，外祖母已離開我很久很久了，假使我能煮一餐飯來招待外祖母，我將多少高興，外祖母又將多高興，可是這是永遠達不到的心願，歲月何其殘忍！

因為有外祖母，當母親病故離開我時，我沒有缺少溫暖，沒有餓肚子，沒有人敢欺侮我，外祖母更及時讓我去上學，展開了我生命中重要的讀書旅程，若沒有外祖母，我今天的生命歷史將要改寫，外祖母，我想念您，感謝您，您永遠活在我的心裡。

惆悵話布鞋

常常在電話中和姑媽談天。姑媽今年已八十有二，而我也不年輕。姑媽是看著我出生長大，還養育過我一段時候，因此我倆有說不完的話題，早年的故事，生活中的滄海桑田，共同愛好的興趣等。可是每次談天後，內心隱蘊著對姑媽的歉意，常會浮現腦際。

七歲時，母親留下我過世了。那年代不流行成衣，穿皮鞋是奢侈的事，衣服和鞋子都是買料子用手工自己縫製。我那麼小的年紀，沒有母親替我縫製衣著，那一身針線工作要誰來代替呢？幸好我有一個善於縫紉的姑媽，她還沒有結婚，與我父親感情又好，於是由她一手承擔了去。

當北風呼呼，雪花未飄時，姑媽早已把花棉袍送來。夏日，池塘裡荷葉田田，我穿的是姑媽做的薄衫短裙，腳上穿的是搭襻鞋子，那是一種從後跟延伸出兩條寬帶，圍到腳面用暗紐或紐子搭住的自製布鞋。

記不得姑媽做了多久搭襻鞋子後，有一次做的是沒有「襻」的，我看到了先是心中不樂，接著就生氣，我一心認定沒有襻的鞋子是中年人穿的，小孩子該穿搭襻鞋子，姑媽居然做大人的鞋子給我穿，我很傷心，因此看到姑媽來也不叫她，並且持續了很久。後來姑媽知道了對我說：「搭襻鞋子的兩條襻沿邊有多麻煩！」

但是姑媽沒記我的恨，順著我，再做搭襻鞋子給我穿。這件事令我印象深刻。

我長大後，懂事了，為這件事感到內疚，感到對姑媽抱歉。原本我已欠了姑媽很多針線情，怎可再作過多的要求，任性不滿足呢？讓我在這裡向姑媽致上誠摯的歉意吧！

童言童語

「貝貝，糖糖好不好吃？」他抬起頭來笑笑。

「貝貝，要不要大象？」我舉起玩具象，問他。他笑笑，伸手把大象拿去。

我家貝貝講話真是晚，兩歲時還沉默無言，不能說一個字，直到兩歲四個月，才開始一個字一個字地學習。襪子濕了，他就說「脫」，嘴饞了說「糖」，兩歲半時勉強能說四個字的句子，卻又語出驚人。

有一天去公園玩，公園池塘裡養著錦鯉，大家都圍著池塘觀賞。爺爺故意逗他：「貝貝，下水去玩。」

不料他毫不思索、語氣堅定地回答：「爺爺下去。」

貝貝喜歡自己吃飯，他愛好香菇、玉米等。有一天午餐，我看他只吃香菇不吃飯，我說：「貝貝要吃飯呀。」他隨口理直氣壯地回答我：「香菇也要吃呀。」愣得我一時不知該說什麼。不要看貝貝小小年紀，卻已遠征過好幾個國家。三歲時跟父母去紐西蘭玩，回來後有一天我對他說：「奶奶也想去紐西蘭玩。」

「好啊，叫爸爸媽媽陪你去。」

「可是奶奶沒有錢。」

「不要錢，只要票就可以。」

他觀察入微，卻不知機票是用錢買來的。

隔不多久，他又跟父母去加拿大玩，我向他說：「貝貝，奶奶要去買票，跟你一起去加拿大。」

貝貝說：「你買的票是要航空公司的哦，不能買錯哦。」

他的叮嚀真使我啼笑皆非。

貝貝沒有兄弟姊妹，一個人玩很無聊，所以總要纏一個大人陪他玩。

有一次我陪他一起玩積木。貝貝說，我們來玩剪刀、石頭、布，誰贏誰就先玩。我當然不喜歡玩，每次出手比他慢一點，看他出布，我就出石頭，讓他贏了可以去玩，我可以在一邊閒著看他玩。幾次以後，貝貝起了側隱之心，對我說：「奶奶，你出這個（他用手比一把剪刀）就會贏我，你就可以玩了。」

又有一天我拿了一個大皮球陪他去小公園，回家的路上我問他：「貝貝，你家裡有沒有皮球？」

「沒有。」

「那你好可憐，連一個皮球也沒有。」我故意逗他。

「我想，我有一點可憐，有一點不可憐，因為我沒有皮球，但我有很多別的玩具。」貝貝沉默了一會兒後，一本正經地分析給我聽。

我驚訝他的智慧有些超齡。

又有一次，貝貝在週末帶了一個新買的機器人來爺爺奶奶家，他對新玩具總是很寶貝，週一早晨他抱了機器人要回家去，我想試試他的度量，對他說：「貝貝，妳的機器人不要帶回去，放在這裡借給奶奶玩一玩。」

「不行，我要帶回去。」

「奶奶每次煮香菇、買巧克力糖給你吃，你的機器人也不肯借給奶奶玩，奶奶下次也不要給你吃了。」

貝貝聽了我的話，慎重地呆了一會兒，說：「奶奶，那我現在借給你玩，等一下讓我帶回去。」

「好！」

貝貝如釋重負，又快樂起來。隨即把機器人交給我，還認真地教我那些開關使用的方法。其實我哪真有興趣玩，倒發現他很講道理，也懂得想方法解決事情。

貝貝在四歲半時，講話還是結結巴巴，少少的一些事情，在他會講很久，講得很累，又講不完整，但當有意見和他交涉，他卻能一句話堵得我語塞，真是又氣又好笑。

仔細評估一下，貝貝可算是一個明理、講理，又有慈心，也有能力公平解決問題的正人小君子啦。

拂不去的鄉思

夏初，又回到了睽隔八年的上海，為的是參加我三弟的婚禮。

我家兄弟姊妹共十個，由於分居兩岸，我結婚時彼岸的弟妹沒一個能來，他們成家時，我也都沒回去；現在，能來往了，三弟是我家最小的弟弟，又是我家最後一個喜事，我，似乎非去不可。

吃完喜酒，我和外子即隨大妹回她家鄉。

我家祖籍蘇州洞庭東山，在三萬六千頃綠波盪漾的太湖邊，山明水秀，花果茶樹漫山遍嶺，麥海稻浪被金捲綠，蝦蟹魚鮮常年不斷，是個魚米之鄉。但，自祖父時代即遷居上海，大妹是唯一嫁返家鄉的。所以去她家，等於是回到我故鄉的所在地。

到大妹家是下午三點多，初夏的天氣有點熱，加上三個多小時的車程，真也有些風塵僕僕。

但，鄉下的屋子真陰涼，太陽此時已爬出屋外，爬上牆頭。大妹從井裡吊起一桶水來，就在井邊給我們洗把臉，那真是舒服，井水冰冰涼涼的，都市裡的人豈能享受得到！大妹搬出兩隻籐椅，一只茶几，放在院子裡，送上一盤白沙枇杷（這是家鄉的土產），讓我們在院子裡休息。

環顧四周，院子裡紅漆大門洞開著（鄉下都是如此），門兩旁兩棵橘子樹，青翠茂密的葉子，葉縫間掛著青色小橘子，前方右邊是井，旁邊有洗衣台，以及洗衣洗菜用的臉盆桶子等，大妹的房子蓋在院子左側角，有兩層樓，正對著井有一排平房，是她大兒子住的，院子底的牆角有一個雞棚，雞從後門溜出去覓食了，另一邊牆角放著農具，四周種的是玫瑰花，有兩三朵盛開著，紅豔豔約有半人之高：院子裡靜悄悄，偶而掠過一、兩聲鳥叫，清風颼颼，我吃著甜美的枇杷，享受著都市裡找不到的清靜和舒服，我羨慕鄉村人家的生活。連帶喜愛我的家鄉，懷著無限的嚮往！

鄉村裡的人大部份也有工作。下午五點多的時候，開汽艇的大外甥回家了，上工廠的外甥媳也下班了，兩個捉蝦的小外甥是天未亮就出門，中午收工回家，下午是他們的午睡時間，有空閒還要照顧他們的副業，種茶種果子。這一代的人一律沒有讀書運，最多讀到高中，有些祇有初中，所以祇好從事農工業。

今天的晚餐很熱鬧，他們齊聚一堂陪我們。滿桌佳餚，最後，大妹端上一大碗湯，感到眼前一亮，是蓴菜湯啊！我好像遇見了年輕時的好朋友，八年不見，也八年沒有品嘗了。

蓴菜是我家鄉的特產，是一種植物，成長於春末夏初，淺青色髓圓形的葉子附有黏液，用以調羹，清香撲鼻，蓴葉脆嫩滑溜，蝦仁蓴菜湯是一道名菜。西湖也產蓴菜，也有名，但以蘇州太湖邊產量最多。

蓴菜是江南名菜，其他省籍人士沒有嘗過此味的，都不認得，吃過後會說是海帶呢。

小時候住在上海，每年開春後，父親總會派人去特定菜場購買蓴菜，用桶子提回來的蓴菜，當然是外地來的，鮮度稍遜。但有得解饞已經不錯了。

父親酷嗜蓴菜，我也是，我們倆人一起享受，一起吃得樂乎乎的。現在，這裡蓴菜買不到，父親又離我遠去三十年，我愛父親：我愛蓴菜，回首前情何處尋！

第二天早餐後，先去父親墓上祭拜。在父親的墓前，可以俯瞰太湖，視野遼闊，天氣很好，湖面一片亮麗，周圍樹木青翠，環境清幽，可是父親呢，他睡了，我站在他面前他不跟我說話，我還能替父親做什麼？我默默地祈禱父親愉快地安息。

在妹妹家一住十多天，常常早晨參與去買菜，鄉下的菜場真是早，五點不到攤子就擺出來了，六點半已開始收攤，菜色很簡單，天天就是這幾樣，量也不多，倒是點心店裡的方糕、菜包、糯米糰子，做得真是好吃，不愧是紅南點心，這些也是我的最愛。

妹妹陪我去遊覽太湖中洞庭西山上的石公山；還有林屋洞，此洞在全國十大洞天中，排名第九，洞內水清石秀，景觀奇幻，富有神話色彩；以及正在開發的三山島。由外甥開著快艇，在碧綠的太湖水面上，飛馳而過，那時候，湖光天色，和無邊無際的大自然融合在一起的情懷，真是飄飄如仙。

妹妹也陪我去觀賞洞庭東山的各種古蹟。

唐朝時胡僧建築的紫金庵，距今已有八百多年歷史，聲著國內外。內有十八尊羅漢像，栩栩如生，呼之欲活，是國內少有的藝術珍品，據傳為南宋時雷潮夫婦所製，雷潮夫婦俱稱善手。

軒轅宮，宮內祀東岳大帝。建於唐貞觀二年，清順治十二年時，吾先祖席本楨先生又大修此宮，始成今日宏壯規模。

東山鎮上的雕花大樓，是近代仿明的古式建築，佔地約十畝，建於一九二二年，前廳門樓和各廳各房的門窗樑柱都有精工的雕刻，例如花卉動物，吉祥字句，以及三星像、三國演義、二十四孝等圖案，都是精雕細鏤，層次分明，生動逼真，還有紅木雕花家具六百多件，更是富麗堂皇，古色古香。樓北有一小園，亭台樓閣，水池假山不說，園內的石雕動物，以及東壁的雲龍浮雕，亦頗少見，甚有觀賞價值。

最後去看的是啟園，看啟園是我最興奮的、最不能疏忽觀賞的一個景點，因該園是我席家祖先所蓋，原稱「席家花園」。

一走進啟園，先見一大片姹紫嫣紅的花圃，循序進去，又是一大片翠綠草坪和飄逸茂盛的樹木，似乎很西化，抬頭忽見遠處有高翹的飛簷，繞過高低曲折的如意廊，轉出亭子，走過花崗石砌成的挹波橋，才見到那有飛簷的鏡湖樓，樓高兩層，四面有廳，前面有湖，上樓可憑欄遠眺，飽覽湖光山色。

啟園位於洞庭東山鎮東北向，臨湖而築，佔地五十餘畝。清康熙皇帝三八年（一六九九）巡幸東山，吾先祖在此迎候康熙皇帝，一九三三年吾祖席啟蓀先生為紀念此一盛事而興建該園。一九八四年被國院批准列為太湖風景區主要景點之一，又多次整修擴建，因此風貌更勝於往日。

啟園依山面水而築，貼臨太湖，湖前有很漂亮的長堤，遮蔭的樹木，樹下有石凳，拂面的微風中飄來花香草香，坐在那裡面對著煙霧縹緲、綠波靈動的太湖，那真正是心曠神怡，可以竟日不厭，啊！我心愛的啟園。

走過長堤，是御碼頭，當時康熙皇帝在此上岸，牌坊上還崁有康熙皇帝所賜「光燄萬丈」四字，延伸太湖之堤亭，為迎賓覽勝的好地方。

一九九六年，新加坡內閣資政李光耀夫婦蒞園，並題詞「這是一個美麗的地方，永遠使人心曠神怡！」

我們在長堤旁石凳上，坐了很久很久，飽覽湖光山色，才離園回去。跨出啟園，心中感念先祖建園造福後人，且蒙康熙皇帝和李光耀資政寵臨，我亦感與有榮焉。啟園已深深地印在我的心中。

從大妹家回到上海，也許是一連玩了多日累了，也許是交通工具不合適受了影響，外子忽然體力不支，祇想睡覺，出去玩不動，在館子裡吃的三餐又不合胃口，離家在外處處都不舒服，祇希望早些回家；而我也患了腹瀉，餐餐以白麵包和陽春麵果腹，因此玩意全消，提早回台了。

回到台灣，已是學校放暑假的時候，孫子來我家住了五十天，陪著他吃，陪著他玩，什麼事都忘了。秋季開學他回家後，家鄉的影子又出現在我的腦海中，我最忘不掉的是父親、啟園和蓴菜，一下子從含飴弄孫的快樂中變成惆悵無限。

我深愛我的父親，深愛我的家鄉，也喜歡那蓴菜的青香脆嫩，可是想想，今後回去的機會實在不多呀，心中繾綣難耐，無奈中提起筆來，留下美景留下紀念。

流水深情二十年

我們四個好友已一個半月沒有見面了，雖然沒什麼大事，但每個人的心裡都盼望著相聚共餐，訴訴心懷，解解悶。

這一天天氣很亮麗，不過究竟是九月了，氣溫已不太高，十二點差五分到達福華飯店，走進大廳一看，三位大姊都還沒來，福華飯店的客廳在仁愛路進門的右邊，左邊有石砌的花壇，我就在花壇邊靠著身子等。

沒一下，曉輝姊來了，瘦瘦的身形走路倒是興匆匆的，第二個是邱七七，七七姊到了就一個人先上樓，去餐廳選位子，最末一個是近日決定遷居花蓮兒子家的匡若霞。若霞前天才從花蓮回來，她要處理很多台北老家的事情，神情有點疲累。

我們登上四樓羅浮宮，是七七姊定的，而且是她請客。羅浮宮是世界的美術殿堂，那麼這裡應該是美食殿堂了，羅浮宮餐廳沒有虛負其名，確是非常漂亮，場地寬敞而富麗，是歐式自助餐，菜餚都很精緻。七七姊坐在靠窗那一桌，我們過去坐下，然後就去拿菜。

回憶第一次相約在福華，那要追蹤到二十年以前了。民國七十三年文友合唱團成立，隨著向會員們收取會費及支付各種費用等，需要有一個管帳的，第一個半年是曉暉姊負責管理，第二個半年由若霞擔任，連下來第三個半年輪到我。有一天七七姊邀我們三個人吃飯，說要謝謝我們辛苦，地點就在福華，也是這樣夏末的季節，也是現在的四個人，我記得吃完飯七七姊和若霞在福華還買了裙子回去，這是第一次。

四個人已拿了菜陸續回來，若霞因有氣喘病所以不吃海鮮及西瓜，曉暉姊胃口小，又喜愛中式食物，但是和七七姊兩個人能吃生魚片，我不敢吃生魚片，最愛吃煙燻鮭魚、蝦和冰淇淋。

我們四個人吃飯其實已蠻好聊天，也很有氣氛，而且相聚應該是高興，但是不知怎的，內心裡大家都有點落寞和異樣之感。

在文友合唱團成立一年後，我們有六個人形成了一個小團體，那就是我們現在的四個人再加上鍾麗珠和李念瑚，原因在於我們六個人的個性相近，愛好也幾乎相同，家庭情況又不差太遠，所以能有興趣，能有空閒玩在一起。

起先，每個星期我們總有兩次相聚，一次是文友合唱團的練唱，另一次就是我們六個人在一起吃飯、唱歌、寫作和聊天。練唱有練唱的場地，吃飯和聊天大部分是在七七姊家裡，在漫長的時期裡，七七姊調製了無數的美味午餐給我們吃，我們吃得津津有味，玩得呵呵大笑；如果不在七七姊家裡，有時候我們就會去福華飯店，那時福華流行吃地瓜粥，加上家常菜，那種日據時代窮苦生活的食物，今天居然放在五星級觀光飯店裡來熱賣，而且大家吃得很起勁，認定是當代的佳餚，我常常心裡會好笑，而且有點不解。

民國七十七年文友合唱團應邀到金門烈嶼演唱；同年又到菲律賓演出，順道遊覽東南亞，我們六個人一起買了竹編提包、衣服、銀質手鍊、錫質花瓶等等，還拍了很多風景照。民國七十九年在台北國家音樂廳演出，八十年遠赴北京演唱，藉著各地的演出，必須密集的排練，因此那時候一個星期差不多有四、五天相聚在一起，我們甚至為了練唱達不到理想而師生都哭了，但忙過一陣子後，我們六個又會去福華輕鬆輕鬆，那一段時候常去福華二樓的飲茶，飯後再轉移陣地喝咖啡，歡樂的時光總是嫌短，一個下午很快就過去了。

民國八十年後，合唱團較少去國外演唱，但在台灣北中南部各地的演出還是相當的多，所以我們的相聚仍一如往常地密集，也一如往常地玩樂，那一段時候常去福華的中庭吃自助餐，或是在七七姊家裡享受沒有時間限制的玩樂，有時候也一起去買衣服，去音樂廳欣賞各種節目，出席各種會議，也曾經討論寫作的方向和題材，正正經經地用了些功，約有十年時間，在這十年裡，寫作、唱歌和玩樂把我們忙得不亦樂乎，忘懷了一切。

在快樂和忙碌中，也曾經鬧了些讓人笑開懷的傻事和天真事。麗珠和曉輝姊在北京登台演唱的那一天，誤失了開往北京音樂廳的專車，兩個人急得滿頭大汗，想想人地生疏要怎麼辦，後來僱了三輪車尋到音樂廳，我們整團團員都未發覺少了她們兩個，不過總算在演出前，她們趕到了音樂廳，有驚無險；有一次在高雄文化中心演出，不知為什麼管伙食的朋友誤了用餐時間，大家肚子餓得哇哇叫，就在演出的前一刻，團員們都已在幕後台上排隊了，我和若霞不知從哪裡弄來一個便當，兩個人急急忙忙的分著吃，剛好被團員戲稱訓導主任的郭老師看到，兩個人都挨罵了一頓，馬上放下便當跟著走；又有一次，我和若霞兩人身上祇有一杯咖啡的錢，因此只好買了一杯咖啡，兩個人認定杯子的這一邊由我喝，另一邊由她喝，互相都喝不到對方的口水，現在想想，真好像是小學生心情呢；還有一次，我們在台北實踐堂演出，在演出前，我為了一些事忙著在台上走進走出，一不小心把花籃碰倒了，水流在地板上，這事情當然逃不過訓導主任郭老師的眼睛，於是她把我當小學生一樣的罵了一頓；其實郭老師心地善良，人又熱心，祇是她教書教久了，說起話來就像老師對學生一樣，我們聽了也不在乎，還是嘻嘻哈哈的開心得很。

六個人中，年齡是念瑚姊和曉暉姊居長，若霞第二，七七姊居中，但總是七七姊帶著我們玩。墾丁、恆春、尖山埤水庫、溪頭、清境農場、幾個糖廠、還有福山植物園；甚至午夜率領我們去國父紀念館，坐在館前的台階上唱歌，她真會想點子。她還組團率領我們去大陸玩，北京長城、西安大小雁塔、蘭州黃河、寧夏沙坡頭、青藏高原的拉卜楞、武漢黃鶴樓、成都的都江堰、長江三峽，當然，上海、杭州、蘇州、無錫、揚州等地更不會遺漏，有一次我們還在飛機上吃月餅過中秋夜，在幾萬公尺的高空中賞月，夜空清澈湛藍，月亮雪清，月亮裡的桂樹和月兔似乎近在眼前，這真是難得的情景！我們大都是起早出發，摸黑回家，坐過大大小小數不清的飛機，恐怕已超過萬里路了吧。

民國八十七、八年間，鍾麗珠突然有了移民加拿大的興趣，看她在台灣和加拿大之間來來回回地跑，不出一、二年，聽她說在加拿大已買了房子，當然，下一步就是遷移了。大家正在為少了一個伴而惆悵不捨時，念瑚姊又嚷起胃痛，那是更快了，九十年八月發病，同年十月就離我們而去了，我們在陰雨霏霏、灰淡的天色下送別了她，心底無限的哀惋和悽涼，真是情何以堪！念瑚姊個性非常隨和，善體人意，興趣又廣泛，她在的時候，音樂廳有好節目她總會通知我們，尤其是我們兩個，因住家路線相同，是好搭檔，她也帶我去靈糧堂做禮拜，她寫作較少，是金陵女中的國文老師，是個好人。

而文友合唱團，也於八十八年停止，共計持續了十六年。

一下子少了兩個人，剩下我們四個，四個人還能成為一個團體，我們仍然一起玩，但是這期間沒有出國，祇是定時在七七姊家唱歌和聊天，有時候也約在外面去書店買書，看看新的建築，看看風景，吃一頓飯，玩啊玩啊，一玩又是四年。

人生能有幾個十六年再加四年呢；二十年一過，嬰兒已變成人，成人已到中年，而我們卻在不知不覺間都已進入了老年，大家常常病痛不斷，精神不好，體力不好成為常事，尤其數月前若霞病得住院，兒女都不放心再讓她一個人住台北，因此決定搬去花蓮兒子家住，以後，台北祇乘下七七姊，曉暉姊和我三個人了。

餐桌上的帶露玫瑰花展著笑靨，我們盤子裡的菜都已換了幾次，七七姊一面吃，一面念著，鍾麗珠又好久沒來訊息了，不知在忙什麼；若霞要賣掉房子一個人擔當得了嗎……七七姊總是常為別人著想。

我們吃完菜又吃甜點，再吃冰淇淋，想要再聊天已是兩點了，午餐時間到了，我們站起身來，看到窗外的陽光仍然燦爛，綠樹依舊亮麗，四個人步出餐廳。

大家已是二十年以上的朋友了，不會因分別而忘記的，都會掛念在心裡，直到永遠；也不用惆悵，現時代的各種交通工具都很便捷，「伊媚兒」又快速無比，打電話也變成不是奢侈事，愁什麼呢，世界已是地球村了，不是嗎？

後記

今年的夏天，我去歷史博物館看「驚艷米勒」畫展，進場時在外面頂著大太陽排隊，真是辛苦，以至一進場就頭暈，再加我的腿痛宿疾又正厲害，所以我沒辦法耐心的端詳，祇溜了一圈就出來了。

因為沒有好好看畫，回家倒把米勒的生平讀個仔細——

米勒出生於法國的農耕之家，小時候要幫父親在田間工作，但他自小酷愛繪畫，十七歲時的一幅畫作，顯示出他極高的繪畫天賦，從此，他父親讓他放下耕作，去拜師學畫。早期，米勒為了養家糊口，畫一些迎合世俗品味的性感女體，但他內心非常痛苦，他盼望畫的是法國農民純樸而勤苦的形象；同時，他也忘不了祖母的叮嚀：「米勒，要為永恆的生命繪畫」。

一番掙扎後，他決心跟他妻子和家人們商量，改變畫風，他的家人都一致贊成，而且極力支持。

當然，米勒一家經過一段非常窮困的日子，經常借貸度日，還常常三餐不繼，但一家人無怨無悔，持續堅忍努力，終於誕生了「拾穗」、「晚禱」、「牧羊女」等等永垂不朽的畫作。

我想，米勒的成功，他的家人對他是很重要的，他們的支持和鼓勵是一股很大的助力，也是成功的因素之一。

現在我要出新書了。《一場不凡的演出》是我的第五本集子，在即將定稿的同時，我也回顧，當初是誰引導我走向寫作這條路的？我搜遍了腦海，發現是我至愛的兩位親人。童年時，看到父親睡前總是坐在床頭看好一陣子的書，我看到父親看的書是橫排的，後來稍大，才知道父親看的是英文書；婚後，丈夫下班回來，每天晚飯後必定閱讀一份晚報、每月買一本讀者文摘；我從他們那裡學得讀書看報的習慣，讀多看多了，自然會有想寫的衝動；而我的兒女也都愛好文學，也都能動筆塗塗寫寫，他們對我想要寫作的意念很有興趣，給我很大的鼓勵；雖然是自己人，我對他們心裡總是感恩的。

還有，我生命中有一位好朋友，她是貼心的知己，平時常常關心我的健康，督促我要提筆，這本新書也是她推薦的，我常感到無以為報，在這裡我要深深的向她致上誠摯的謝意。

《一場不凡的演出》這本書共分「擁抱生活」、「留住美好」、「悠悠心思」、「迎向自然」、「懷念情愛」五輯。不用我細說，讓讀者們自己去品味，並請給我批評和指教。

席裕珍記於 二〇〇八年仲夏

國家圖書館出版品預行編目

一場不凡的演出 / 席裕珍作. -- 一版. -- 臺北市：秀威資訊科技, 2008.09
面； 公分. --（語言文學類；PG0197）
BOD版
ISBN 978-986-221-061-1（平裝）

855 97015455

語言文學類 PG0197

一場不凡的演出

作　　者 / 席裕珍
發 行 人 / 宋政坤
執行編輯 / 黃姣潔
圖文排版 / 黃小芸
封面設計 / 蔣緒慧
數位轉譯 / 徐真玉　沈裕閔
圖書銷售 / 林怡君
法律顧問 / 毛國樑　律師
出版印製 / 秀威資訊科技股份有限公司
台北市內湖區瑞光路583巷25號1樓
電話：02-2657-9211　傳真：02-2657-9106
E-mail：service@showwe.com.tw
經 銷 商 / 紅螞蟻圖書有限公司
台北市內湖區舊宗路二段121巷28、32號4樓
電話：02-2795-3656　傳真：02-2795-4100
http://www.e-redant.com

2008 年 9 月　BOD 一版
定價： 320 元

讀　者　回　函　卡

感謝您購買本書，為提升服務品質，煩請填寫以下問卷，收到您的寶貴意見後，我們會仔細收藏記錄並回贈紀念品，謝謝！

1.您購買的書名：______________________________

2.您從何得知本書的消息？

☐網路書店　☐部落格　☐資料庫搜尋　☐書訊　☐電子報　☐書店

☐平面媒體　☐ 朋友推薦　☐網站推薦　☐其他___________

3.您對本書的評價：(請填代號　1.非常滿意 2.滿意 3.尚可 4.再改進)

封面設計____　版面編排____　內容____　文/譯筆____　價格____

4.讀完書後您覺得：

☐很有收獲　☐有收獲　☐收獲不多　☐沒收獲

5.您會推薦本書給朋友嗎？

☐會　☐不會，為什麼？______________________________________

6.其他寶貴的意見：____

____

____

____

讀者基本資料

姓名：_____________________　年齡：______　性別：☐女 ☐男

聯絡電話：_________________　E-mail：_____________________

地址：____

學歷：☐高中(含)以下　☐高中　☐專科學校　☐大學

☐研究所(含)以上　☐其他________________

職業：☐製造業 ☐金融業 ☐資訊業 ☐軍警 ☐傳播業 ☐自由業

☐服務業 ☐公務員 ☐教職　☐學生 ☐其他___________

請貼
郵票

To：114

台北市內湖區瑞光路 583 巷 25 號 1 樓

秀威資訊科技股份有限公司　　　收

寄件人姓名：

寄件人地址：□□□

(請沿線對摺寄回,謝謝!)